公元787年，唐封疆大吏马总集诸子精华，编著成《意林》一书6卷，流传至今

意林：始于公元787年，距今1200余年

意林®

一则故事　改变一生

诺丁汉特伦特大学

诺丁汉特伦特大学（The Nottingham Trent University）成立于1881年，当时是一所学院。1970年成为一所化工大学，到了1992年，转型为一所综合性大学。诺丁汉特伦特大学是英国最受学生青睐的学校之一，该校是所课程齐全的综合大学，享有很高的学术和教学声誉。在最近的政府教育质量保证机构(QAA) 的评估中获得出色的评价。诺丁汉特伦特大学以教学质量高、注重联系实际而赢得了广泛的赞誉。该校化学系以及商业系被英格兰高等教育资助委员会评为“优秀学系”。最近的研究表明，该校是全英最受欢迎的一流大学之一。

犹他州立大学

犹他州立大学（Utah State University），简称USU。建立于1888年，位于美国犹他州的罗岗市（Logan），距犹他州的首府盐湖城80英里。它从当初一个小的农学院发展至今，凭借着在工学方面的成就，成为美国乃至国际著名的大学。在美国的工学前100名中，犹他州立大学赫赫有名。

英国诺丁汉大学

英国诺丁汉大学（The University of Nottingham）建于1881年，是英国著名的重点大学。诺丁汉大学在中国宁波和马来西亚吉隆坡建有海外校区。英国诺丁汉大学曾荣获英国女王企业奖和女王高等教育年度奖。诺丁汉大学在2013/14QS世界大学排名上位居英国第14位，世界第75位；2013-14泰晤士高等教育世界大学排名上位居英国第24位，世界第157位；2013上海交大世界大学学术排名上位居英国第9位，世界第84位。

俄勒冈大学

俄勒冈大学（University of Oregon，简称UO）是拥有百年历史的美国著名的公立大学之一，是以培养本科生和从事科学研究为主的综合性大学。学校还是美国大学协会（AAU）仅有的63个成员之一。有两位诺贝奖获得者和十一位普利策奖获得者来自俄勒冈大学。在2014年的《美国新闻与世界报道》美国大学排名中，俄勒冈大学名列全美第109名。教育学院、商学院和新闻传媒学院是学校最著名的三个学院。

全世界最美的课文
世界名校大淘课
高中版

《意林》编辑部　编
谢素军　贺田露　译

吉林摄影出版社
·长春·

“全世界最美的课文”系列
图书在版编目(CIP)数据

世界语文. 全世界最美的课文·世界名校大淘课 :高中版 / 《意林》编辑部编 ; 谢素军, 贺田露译.
--长春 : 吉林摄影出版社, 2014.10
ISBN 978-7-5498-2113-6

I. ①世… II. ①意… ②谢… ③贺… III. ①世界文学—作品综合集 IV. ①I11

中国版本图书馆CIP数据核字(2014)第244613号

世界语文.全世界最美的课文·世界名校大淘课(高中版)
SHIJIE YUWEN.QUANSHIJIE ZUI MEI DE KEWEN · SHIJIE MINGXIAO DA TAO KE (GAOZHONG BAN)

编　　者　《意林》编辑部
译　　者　谢素军　贺田露
出 版 人　孙洪军
总 策 划　杜　务
主　　编　孙洪军　顾　平
责任编辑　施　岚　胡晓路
丛书统筹　蔡　燕
策划执行　康　宁　赵　雯
特约编辑　房小盖
封面设计　李　倩
美术编辑　孔凡雷
内文插图　达志影像
开　　本　700mm×1000mm 1/16
字　　数　200千字
印　　张　14
印　　数　1~20000册
版　　次　2014年10月第1版
印　　次　2014年10月第1次印刷

出　　版　吉林摄影出版社
发　　行　吉林摄影出版社
地　　址　长春市泰来街1825号
邮　　编　130062
电　　话　总编办: 0431-86012616
　　　　　发行科: 0431-86012602
网　　址　www.jlsycbs.net
经　　销　全国各地新华书店
印　　刷　北京天宇万达印刷有限公司

书　　号　ISBN 978-7-5498-2113-6　　　定　　价: 28.90 元

启　事

本书编选时参阅了部分报刊和著作，我们未能与部分作品的文字作者、漫画作者以及插画作者取得联系，在此深表歉意。请各位作者见到本书后及时与我们联系，以便按国家相关规定支付稿酬及赠送样书。

地址：北京市朝阳区南磨房路37号华腾北搪商务大厦1501室《意林》编辑部（100022）

电话：010-51908602

全世界最美的课文
世界名校大淘课

高中版

目录
CONTENTS

第一章 恋爱交响曲

第二章 蓝血训练营

第三章 成长漂流瓶

第四章 心跳大剧场

第五章 人生逆思考

第一章
恋爱交响曲

精彩导读：

格雷森只是美国一名普通的建筑工人，却在生日那天收到了老板的祝贺。到底是谁安排了这次特别的生日会呢？

请您祝他生日快乐

作者/［美］马科沃尔

飓风刚刚横扫过这座城市，格雷森走在路上，将一卷钢丝挂在胳膊上。今天是一个非常重要的日子，因为飓风拖了很长一段时间，今天整座恺撒帝国大厦终于要封顶了，也就是说，他们完成了这项工程，不仅可以拿到不菲的奖金，还会一起去狂欢一番。

不过，格雷森心里并没有想着狂欢的事儿，今天是自己的生日，他想早点儿回家，拿着厚厚一沓奖金，给妻子一个惊喜。对了，还要为自己买一个大大的蛋糕。

想到这里，格雷森特别开心，将胳膊上的钢丝滑到手腕上，往空中一转，哼起了乡村小调。

“格雷森，生日快乐！”

谁在叫自己的名字？格雷森抬头一看，原来是自己的老板，没想到老板这么细心，竟然会查询自己的档案，还记住了自己的生日。“谢谢，泰迪先生，今天是个好日子，难道不是吗？”“是的，你可要好好干，我们都看好你。”然后，这位大老板便笑呵呵地走了。

格雷森还没有从刚刚的祝福中反应过来，在大厦楼下，一位工友便远远地打招呼：“格雷森，生日快乐！”

为什么连他都知道自己的生日？格雷森憨厚地笑笑，“谢谢。”他想，或许是自己那天一起吃饭的时候，不小心透露了自己的生日，这也是常有的事儿，不过，人家能记住，说明这哥们儿值得交往。

格雷森将一圈钢丝放在地板上，戴上安全帽，走进大厦。工友们正在赶工，一块水泥板被吊到高空的时候，突然停了下来，“格雷森，生日快乐。”他们竟然停下了手中的活儿，纷纷对他祝福，祝他生日快乐。

“谢谢，谢谢你们。”

为什么所有人都知道今天是自己的生日？格雷森怎么也想不通，难道是老板告诉了所有的工人，说今天是自己的生日，然后发动所有工友祝福自己？不可能，老板是一个公正的人，在过去的日子里，许多工人生日，都没有得到这样的祝福，他不可能对自己如此厚爱，绝不可能。

那么，到底是谁透露了自己的秘密呢？格雷森在脑海里将一位位工友过了一遍，实在想不出谁能够发动这么多人来祝福自己，但不管怎样，格雷森还是非常开心。毕竟，这么多年过去了，自己还没有接受过这么多的生日祝福。

那天，格雷森永远不会忘记，当吊车将自己吊上百米高空，当工友们一起坐在悬空的铁杆上，拿出一个硕大的生日蛋糕时，他突然特别感动。大家平时都没时间在一起，但同时坐在这么高的地方，为自己庆祝生日，这该是一种什么样的情谊？

当蛋糕在百米高空一份份传递到大家手中时，格雷森终于

还是没有忍住，他轻轻地问：“到底是谁安排了这场特别的生日会？”工友们纷纷拿出自己的手机，一起读出了一条短信：“您好，我是格雷森的妻子，已经瘫痪在床十年了，今天是格雷森的生日，如果您看到他，麻烦您替我祝福他，生日快乐，谢谢您。”

短短几句话，在百米的高空久久徘徊，格雷森瞬间泪如泉涌，“生日快乐”，他将一块蛋糕塞进嘴里，使劲地往下咽。

点评：

这个故事告诉我们，爱人瘫痪了，爱却可以生机勃勃。其实，最能触动灵魂的，恰恰是最平凡的人和最平淡的瞬间。那条简单的短信，是否让你重新相信了爱情？

精彩导读：

这是一个匈牙利版《不见不散》的爱情故事，它告诉我们，爱情不是贺岁片，不会总是充满喜感。但恰恰因为悲剧沉重，所以网眼更密，更容易俘获人心。

布达佩斯之恋

作者/［匈牙利］安瑟·赫尔尼

那年，他在布达佩斯留学，偶然的机会遇见她，便深深地迷恋上了她优雅的气质。那个时候，他并不知道，她是王族后裔，爱情那么简单，也那么遥远。但她欣赏他的勇气和才华，很多时候都会邀请他一起做公益、做学术、去埃及游玩，幸福至极。那些日子，他觉得自己特别幸福，他本以为，情那么真，爱那么诚，一切都是顺理成章的事情。所以，在即将回国的那天，他鼓足勇气，说出了爱的话语。“我爱你，希望你能嫁给我。”他单膝跪地，不顾周遭人的眼神，他心里满怀希望，只愿她答应，自己便再也不远离。

她全身轻微震动，仰头看着蓝天，没有人知道她在想什么，良久她才从包里拿出一个精致的方块，说："这个魔方是我最喜欢的，也是布达佩斯最精巧的一个，如果你能把六个面统一了，我便嫁给你。"

他是罗兰大学的高才生，自信一个小小的魔方难不倒他，便点点头，接过她手中的方块，转身消失在人群中。

可是，这个产自布达佩斯的魔方，让他整整琢磨了一天，两天，三天，一年……却始终没有找到答案。

他失败了，更无颜再去找她，爱情便因为一个魔方悄然逝去。他离开了布达佩斯，回到自己的国家，聪明的他将自己的事业推上一个又一个高潮。多年后，他已是儿孙满堂，只是没人知道他心里的那个疙瘩。那个魔方，他常常独自拿出来琢磨，玩转，日复一日，年复一年。

沧海桑田，岁月在他身上刻下深深的烙印，他把一切交给儿孙，独自奔向布达佩斯，没带任何行李，只有手里拿着的那个魔方。

找到她的时候，她正出席一场公益活动，优雅一如当年。她终于看见他，有点儿不敢相信自己的眼睛，走过去，良久，一句话也没说。

"你还好吗？"他终于开口，她点点头，无言以对。这么多年了，她到底爱他吗？还是，曾经爱过，却不能去爱？没有答案。

他拿出那个魔方，放在她手里，说：“我终于让六个面统一了，对吧？”那一刻，她全身再次震动，泪如泉涌，因为她看见，那个精致的魔方，已经被一双手磨掉了所有图画、所有颜色，唯有简简单单的底色，干净，透明。

她触摸到一种温暖，那是一双手留在魔方上的温暖。

点评：

同学们也要从中看到积极的方面，爱情会因为一个魔方悄然逝去，但生活还要继续，何不放爱一条生路？因为，生活让我们永远在接受同样的拷问：如果有一天，所有的玫瑰都凋谢在你身旁，你是否相信，爱情会地久天长？如果有一天，所有的梦都折断了翅膀，你是否还坚持，你最初的理想？

精彩导读：

也许，你会因此想到国产电影《双人床条约》里的台词："成年人遇到的问题中，最大的是爱情问题，其次是没有爱情的问题。"也许，这篇课文，会让你反思：爱情究竟算怎么回事？

海冢

作者/［西班牙］杜尼亚斯

卡尔用最直接的方式向贝蒂表达了爱意："我对你的爱比大海更深，今晚，我希望你能让我留在你身边。"

贝蒂面不改色，朝大海望了一眼，便出门去了。卡尔知道，她是去采贝壳，小镇有个习俗，姑娘采到喜欢的珍珠，便会找到真爱。于是，卡尔奔回自己的渔船，提出一个黑色的袋子，直朝摩罗礁奔去。

当着许多姑娘的面，卡尔把一袋珍珠倒在沙滩上，对贝蒂说："这些都给你。"可是，贝蒂一颗珍珠也没有捡，她脱掉衣裤，露出黑黝黝的皮肤，然后"扑通"一声，跳进了海里。

其实，贝蒂长得一点儿都不好看，卡尔也曾反复琢磨，自己怎么会喜欢她呢？可是，无论有多少美丽的姑娘向他示爱，他都觉得不怎么样，好像只有贝蒂才配得上他一样。

所以，经历无数个潮起潮落，卡尔不厌其烦地跟在贝蒂身后，帮着做一切能做的事情，几乎每天都会表达自己的喜欢和等待。他那种不放弃的精神使得身边的许多姑娘既羡慕又嫉恨。

听说，卡尔的爱情战坚持了三年，直到一次去远海捕鱼，他没有回来。

一同前往的男人们都赞叹，卡尔是一名真正的勇者，与十多米长的鲨鱼决斗了一天一夜，可惜，为了安全，为了家庭，他们没有办法在深海长留，太危险了。

卡尔肯定葬身大海了，其实这种事并不稀奇，出海的人总有回不来的，更何况卡尔本就单身，没人牵挂。

但是，谁都没想到，两年后，卡尔又回来了，除了脚下的船换了一条更大的，其他什么都没变。还是披着长发，腰上系着红带，就连靴子也还是出海时穿的那双。

卡尔一靠岸便直奔贝蒂而去，完全不顾众人的议论。可惜，贝蒂不在，且屋内已落满尘埃。失落的卡尔悻悻地往自己的住所走去，远远地他就看见，自家门口摆着六块石头，那是当地的风俗，唤作海冢。而海冢的旁边坐着一个女人，正是贝蒂。

贝蒂看见卡尔，先是一惊，然后便“哗啦”一下把坟冢给摧毁了，一脸严肃，似乎不愿见到那个追求她的男人。可是，让贝蒂，或者说让所有人失望的是，卡尔也毫不犹豫地转身，回到自己的船上，从此再也没有回来。

有人问贝蒂：“你真的不喜欢卡尔吗？”她说：“喜欢，正是因为喜欢才怕失去，才会坚持一种卡尔喜欢自己的状态。”可卡尔呢？他为什么要走？或许，在他转身的那一刻，突然醒悟，其实爱情并不是自己想象的那样。

人与人之间就是这样，有些感情只是感情，会被感情永远桎梏。它不会变成别的，更不会像大海那样永恒、包容、不变。可惜，人世间懂海的人太少太少，所以才会活得越来越渺小。

点评：

这篇西班牙课文告诉我们，爱情也许真的像围城，总有冲出来或闯进去的冲动。谁不曾年少，情愫初动，心藏一个喜欢的人，牵一牵手，就觉得看见了天长地久。爱意正浓时，看到你，便看到了春暖花开。但一声叹息未落，你的一生已泛黄。

精彩导读： 一个女子走进了画中，成为名画被人膜拜。又在一个静静的午后，在画上撕开一个口子，飞奔离去。这是一个关于寂寞与自由的寓言吗？

油画中的美人儿

作者/［意大利］恩佐·比亚吉

她也不知道为什么，只是一次非常偶然的邂逅，在克罗街的尽头，快要摔倒的那一刻，因为一个男人绅士地伸过手来，自己竟然成了画中的那个女人。

很美，清新脱俗的美。这是那个男人的评价。她也曾认真端详过，油画的色调有点儿像拜占庭时期的风格，不那么明显，却格外清晰，画中的自己有种脱俗的风韵。

油画是一张着了魔的纸，女人活生生地走了进去，这让绘画的男人一下子声名鹊起，他的画成为一种跨越时代的象征，很多人前来观摩，很多人为之膜拜。

画中的美人儿，被挂在最显眼的位置，女人从画中看见，几乎所有路过的人，都会停下脚步，感叹一番，又或者拿起相机，在无数个角度按下快门。

女人越发美丽，在岁月的沉淀里，又或者在疯狂的话题中。按理说，女人应该是幸福的，那些荣耀，不是一个普通的女人随便可以获得的，而她在一张画里，轻松自然地得到了一切。可惜，女人总觉得有点儿落寞，在画里的人，与看画的人终究是不一样的。

直到有一天，沉寂的油画被人闯了进来，一个小女孩儿欢快地追逐着一只蝴蝶，差点儿摔进了画中的湖水。女人喊："小心点儿，快到这边来。"

女孩儿乖乖地过来了，问："阿姨，你怎么一个人站在这里呢？"女人不知道怎么回答。她是被画在这里的，那个男人用一支笔告诉她，这个位置最美丽，所以，她就在这里。

"你叫什么名字呢？"女人问女孩儿，女孩儿看了她一眼，说："丹妮，爸爸这么叫我。"然后，扭身便走了，追逐着那只蝴蝶。女人想拉住女孩儿，却已经来不及，蝴蝶飞出去的时候，女孩儿也跟着跑了出去，从画里消失得干干净净。

女人记得，她曾跟男人提议，将她的女儿也画进来，但男人反对，说："还是画一只威尼斯猫吧，更搭配些。"

对于画的布局，女人并不能争论什么，这是男人的作品，她最多只能是建议。所以，她拒绝了那只威尼斯猫，她害怕猫的眼睛，阴森森的，很是吓人，尤其是在夜深人静的时候。

女人终于做了决定，她简单收拾了行装，在一个静静的午后，在画作上撕开一个口子，飞奔离去。

油画中的美人儿不见了，这件事再次让绘画的男人成为焦点，许多议论滚滚而来，关于画作的风格，抑或画作中的女人，其中最传神的是关于另一个男人。有人说，那个男人每天都会来看这幅画，每次都会站在画前陪着女人聊两个小时，所以，画中的美人儿被感动，跟着男人私奔了。

不过，画家显得非常淡定，面对种种议论，他只是非常专业地解释，在绘画的过程中，不仅要死死掌控整个布局，充分考虑画作中的每一个细节，更重要的是，看你要表达的意境是不是足够健康、完美。

点评：

同学们在阅读中，难免会遇到一些阅读障碍，有些障碍是我们自身能力欠佳造成，有些则是作者故意设置的文字陷阱。多问几个为什么，也许就能给自己一个合理的解释，也就是所谓读懂了。

精彩导读：

他收到前女友的暧昧短信，于是决定瞒着妻子去赴约。他是爱妻子的，他相信，妻子也爱着他。于是，在火车站，他犹豫了，最终没有赴约，而是一身轻松地回家，但打开门那一刻，他发现妻子惊讶的眼神和桌上的两杯红酒。他突然又沉重起来……

浪漫满屋

作者/［法］科克托

落叶滑过脸颊的时候，他的右手慢慢地挪到最上面那粒纽扣，解开它，似乎有点儿艰难的样子，但是，等到那片落叶终于飘到脚下，还翻了个身之后，纽扣被解开了。

不过，他的手并没有停下来，而是从左胸处的口袋里，掏出一部手机，很精致，黑色的外壳瞬间被他的拇指撬开，只是那么轻轻一点，那条短信便出现了："还记得阿曼杰纳的那个夜晚吗？"

其实短信的内容，他已经看过很多遍，阿曼杰纳这个名字，他也记忆犹新，只不过，他始终有点儿犹豫，"去吗？"他心想。

发短信的是个浪漫的女人，至少曾经是那么浪漫，和她在一起的那些日子，虽然短暂，但无疑是甜蜜而幸福的。但是，他最后并没有跟这个女人在一起。

这并不意味着现在的妻子很不浪漫，严格来说，他断定，自己和妻子是相爱的，他们有一个和谐幸福的家庭。只不过，远方的那个女人实在很特别，他做不到不去理会。

所以，在那个早晨，他收拾好行李，走到门口的时候，妻子过来帮他整了整衣领，他没有作声，左手绕过妻子的腰，紧贴过来，他在妻子的脸颊上亲了一下。

火车徐徐停下，由西往东，他的脑海里满是阿曼杰纳的影子，在那间意大利风格的卧室里，女人婀娜的身姿映在窗帘上。

他也不知道是什么原因，总之，在火车门打开的那一刻，他不想上去，不想继续下去，不是厌恶，不是厌倦，更不是害怕，做一件事情，不一定要有充分的理由，放弃也一样。

他没事一样往家里赶，钥匙轻轻转动，那是一种熟悉的感觉，这种感觉让他迫不及待地推开门。

妻子坐在客厅里，看到他回来，有点儿惊讶。他放下行李，看了一眼妻子，还看了一眼旁边的酒杯——两只酒杯。两只酒杯里的酒，他一眼便看出来，那是上个月朋友从葡萄牙带回来的威廉二世，绝对是好酒，它象征重逢的浪漫。

“我忘记拿证件了。”他说，然后微微一笑，迅速地跑到抽屉旁，胡乱翻弄一遍，便匆匆离去。

火车再次停下来，很多趟很多趟，但他拿着手中那张火车票，却没有离开，无论时间多久，只要过了那个点，那张火车票便再也不能使用，更何况，他并没有想好是否要真的离开。

很晚之后，他终于还是离开了，步履飘浮地回到家里，尽管他非常害怕，但还是不由自主地掏出钥匙，轻轻地将门打开。妻子已经睡了，客厅一如从前，而那两只红酒杯，还摆在那里，一杯已经空了，而另一杯，在微弱的灯光下，闪出动人的红。

妻子为什么要喝酒，而且倒了两杯，他觉得头好痛，甩下行李，大跨步推开卧室的门，将妻子紧紧抱在怀里。

点评：

题目叫《浪漫满屋》，关注细节，是读懂的关键。两杯红酒，是妻子要给他制造的浪漫，而不是如他想象的有了外遇？因为战胜了自己的情欲，所以第一次回家很轻松；因为怕有不好的事发生，所以第二次回家很沉重。

精彩导读：

在世界上最深的马里亚纳海的深处，海水又深又冷，却有一种鮟鱇鱼快乐地生活着。只要拥有了爱情，它们头上就会生出一盏照亮前路的灯。有人说，爱情使人盲目，其实未必。它也可以给人自信，成为照亮人生的灯火。

马里亚纳海的爱情灯

作者/［英］埃尔顿约翰

我一度逼问艾米："你到底喜欢他什么？"可惜，在多年的等待中，我没有等到答案，更没有等到艾米的爱情。

他是我的师兄，伦敦美术学院的一个极其平凡的男生。我记得，学校曾疯传一段箴言，上大学的男孩，长得帅有人喜欢，会打球有人喜欢，会弹吉他有人喜欢，成绩好也有人喜欢。总之，只要有那么哪怕一点点闪光的地方，就有女孩子欣赏，就很有可能遇上一段海枯石烂的爱情。

可是，我的这位师兄，长得不帅，家里没钱，不会唱歌跳舞，也从不运动，即便他的专业，也并不见得学得多好。

我曾亲眼看见，在学校的高架桥上，他的每一幅画作都需要艾米帮他填上颜色，艾米的点缀往往能让他的画焕然一新，有脱胎换骨的功效。这小子是走桃花运了，竟然俘获了艾米的芳心，她可是美术系的一枝花啊！

我知道，很多男生想从“牛粪”上把这枝花抢过来，包括我在内，都觉得那是一个男人对一个女人的救赎，可惜，艾米一点儿都不领情，她总是说，爱情没有为什么，真诚地走下去便是最美的爱情。

对于艾米的态度，我当然不能强行做什么，除了遗憾之外，更多的则是想象着等到毕业那天，当这位平凡的师兄找不到工作时，一定会自卑地放弃一切，包括艾米在内。到那时候，或许自己能够一展长处，告诉艾米，物竞天择，适者生存，爱情也一样。

可惜，还没等到毕业，师兄平凡的名字突然在各大专业刊物上响起来，还频繁地被本地的电视台报道，平凡的师兄竟然一连获得十余项国内外美术作品大奖，而那幅《马里亚纳海的爱情灯》更获得业内专家的一致好评，并获得了美国的一项美术大奖。

得知这些消息的时候，我正在打篮球，那一刻，仿如被人狠狠地一记暴扣，想想自己曾对艾米说的那些话，便觉得特别丢脸，原来自己才是那个最平凡的男生，最没资格爱艾米的男生。

学院特意安排平凡师兄为大家开一场美术讲座，我几乎有点儿不敢去面对，但没想到艾米发来短信，说：“来吧，有些事或许你听了才会明白。”

讲台上，拿了大奖被无数家单位内定的师兄显得格外平静，谈及《马里亚纳海的爱情灯》，他终于把艾米叫到台上，他说，其实自己是一名色盲患者，一直以来，这些画作都得到了女友的帮助，如果没有艾米，自己便什么都没有。

原来这就是自己看不懂的爱情，我永远不会忘记那天艾米

的讲话，她告诉所有人，在世界上最深的马里亚纳海深处，海水又深又冷，几乎没有生物存活的条件和可能。可就是在这样的深海里，却有一种鮟鱇鱼快乐地生活着，生儿育女，一代一代地繁衍。虽然越大的鮟鱇鱼视力越差，看不到前方的路，但只要有爱情在它们身上发生，它们头上就会生出一盏照亮前路的灯，从而安然地在深海里畅游，如画一般美丽。

点评：

还是同学们熟悉的校园题材，容易引起共鸣。所以，在写作中，也应该尽量选取自己熟悉的题材，以独特的视角，写出个性和风采。

精彩导读：

因为不堪被女孩儿拒绝的羞辱，他远走异国他乡。十年后，他成功了，归来时却发现物是人非，曾经所爱的人并不幸福，但拒绝他的帮助，并最终不知去向。又过了多年，他收到一封信，其中是当初表白时，被踩碎的那朵百合花。也许，年轻时对爱情的一切幻想，事过境迁之后，都将支离破碎，不复完美。

尼罗河上的百合花

作者/［英］弗吉尼亚·伍尔夫

我喜欢一个名叫塔丽的女孩儿。

为了讨好她，我曾想过许多办法。后来，我跑到很远的尼罗河边，摘了一朵纯白的百合，跑到她面前，说："你就是我心中永远的百合。"

可是，女孩儿并没有被我感动，而是又哭又闹，将百合摔在地上，"谁要你的百合？我不要你的百合。"看着女孩儿愤怒的眼神，我悻悻地离开了。

我不仅离开了学校，还离开了开罗，带着无比的遗憾，我去了英国伦敦，再也没有和女孩儿联系。

我没有告诉家人，自己喜欢过一个女孩儿，而且当自己向这个女孩儿表白时，不仅被女孩儿拒绝了，还被另一个男孩儿奚落了一顿。

当百合被摔在地上那一刻，那个男孩儿肆无忌惮地跑过来，用他那双赤脚板得意地踩在百合身上，还使劲地蹂躏了几下，挑衅似的瞪了我一眼，将女孩儿搂在怀里。

女孩儿没有反抗，而是温顺地靠在对方身上，像一只小绵羊一样，让我伤心欲绝。这才是我一定要去英国的真正原因，在尼罗河畔，我已经是一个失败者。

我是在十年后回来的，但是，走下飞机的一刻，我的脑海里并不是要马上处理的种种公务，而是不由自主地想起女孩儿，我的百合，她还像以前那样喜欢着一袭白衣，露出开怀的笑吗？

几经周折，我终于找到了她，只不过，她虽然还是如百合一

样，却明显变得憔悴不堪，身上的道道伤痕不是每天的暴动留下的，而是她的丈夫用种种家庭暴力带来的伤害。

我告诉她，自己有足够的能力保护她，可以用尽一切办法让那个曾经践踏百合的男人自动离开，或者永远消失。可女孩儿只是摇头，将我推得远远的，转身跑向远方。

很长一段时间，因为要应付种种公务，我忙于各种应酬，没再去关注女孩儿。后来，我听说女孩儿的丈夫在暴乱中消失了，多半是被炸死了。所以，犹豫了许久，我终于还是前往女孩儿家里，希望带着她去英国，包括她的五个孩子。

然而，我再次扑空了，没有人知道她去了哪里，看着尼罗河上百合凋落的样子，我黯然神伤，搭上飞机前往伦敦，没有回头。

多年后的一天，当我的孩子拿着一封信交给我的时候，我轻轻撕开它，从里面飘落一堆百合的碎片，还带着隐隐的清香，里面的卡片上只有一句话："百合我一直收藏着，现在还给你。"

点评：

本文感情充沛，催人泪下，会让人想起《时间都去哪儿了》、《老男孩》里的伤感。百合花在文中是个突出意象，或以道具，或以线索，贯穿全文，对情节发展和感情变化起了催化作用。这种手法是同学写作时值得借鉴的。

精彩导读：

因为失恋，他从美国跑到西西里岛排解忧伤，偶遇旅店老板的18岁女儿。他喜欢她的青春活力，却又牵挂着前女友的温存。在左右徘徊中，最后一无所有。

西西里岛的影子

作者/［美］达伦科里斯

看到艾丽西亚幸福地挽着另一个男人，我脑袋一蒙便掉头跑了。叫查尔斯出来痛饮了几杯，然后查尔斯说："去西西里岛吧，那地方适合你。"

一路颠簸到西西里岛，传说中的佩拉杰群岛便近在身旁，一行行采珠女走过，别有一番风味。旅店也是拜占庭风格的木房，很便宜，站在阳台上，还可以尽览大海的风光。看着远处嬉笑怒骂的人群，心里的确放松了许多。生活本就这么朴实，一个人的拥有或失去又何尝不是逝者如斯的流水。难得放假，本以为会和女朋友风花雪月携手黄昏，却没想到渔舟唱晚独居小阁。

我正回忆着与女朋友曾经的朝朝暮暮，海面却传来阵阵颤动的歌声，唱的是亚平宁民歌，但词句却完全错了位，我举起手大声喊："远方的勇士赶海来，女儿家的衣裳随风摆。"小船突然换了方向，直接朝我这边划来。都怪自己多嘴，人家来找我算账了。

船帘终于拉开了，走出来的竟然是个亭亭玉立的少女，身上只零星挂了几块布条，我有点儿蒙，举起手想招呼一下，但少女只是微微一笑便下了船。

少女叫曼迪亚，是旅店老板的女儿，才18岁，她问我怎么住在她的房间。我有点儿诧异，装傻，反问她去哪儿了，她说："父亲进去了。""什么意思？"她说："政府缉毒，父亲没逃走。"看我不解的样子，又说："我们这儿就靠这个赚钱，没别的出路。"

曼迪亚听说我来自美国，便对我特别好起来，每天帮母亲忙完之后便端上亲手抓的生蚝送给我吃，我说："这样不太好吧。"但她还是每天来陪我。

我说我要出去走走，看看西西里岛的美丽风光，曼迪亚便自告奋勇做我的导游，带我去利帕里，去艾加迪。她指着大海说："以前不是这样的，但海平面最近几年上升太快。"我听了有点儿震惊，看着曼迪亚天真的眼神，我觉得心酸。

曼迪亚说自己喜欢美国，喜欢中央公园。我说："那你去啊，不难。"但曼迪亚低着头，说不行，不能离开家人。

我们游到一座孤立的小岛，站在上面，大海变得一望无际。曼迪亚说："我想去美国。"我说："好啊。"曼迪亚突然抱着我哭，说："你带我走，我什么都给你。"说着就解开了上衣。这怎么可能？我还没从失恋的阴影中走出，更何况，曼迪亚是个孩子。我推开曼迪亚，她转身回了房间。

我敲曼迪亚的门，但她不理我，也不再给我送生蚝了，我觉得自己对不起她，想着明天她气消了再去道歉。但那晚，女朋友哭着打来电话，说对不起我，让我回去，我们从头再来。我叹了口气，毕竟在一起三年了，舍不得，便急匆匆地离开了西西里岛。

我焦急地找到女朋友，想安慰她几句，但她却幸福地对我说："他已经解释清楚了，谢谢你。"说着便挽着那个男人走了。

我片刻也没有停留，直接搭上返程的飞机，但到西西里岛的时候，已是第二天黄昏，匆匆奔赴曼迪亚所在的小岛，却已人去楼空，我问邻居，那个叫曼迪亚的姑娘去哪儿了。邻居看了我一眼，说："她父亲出来了，他们全家一起离开了。"

我狂奔着去码头，但夜幕中连一丝月光都没有，我悻悻地回到小屋，想寻找一点儿曼迪亚的痕迹，却什么也没找到。

点评：

题目为《西西里岛的影子》，可谓独具匠心，爱情不就像影子一样吗？捉摸不定。其实做任何事，都不能像掉进爱情陷阱一样，患得患失，否则最后受伤的总是自己。要拿得起放得下，才能让自己找到实实在在的存在感，活出自我。本文若能有所深化，对同学们的思想启发可能更大。

精彩导读：

初恋是浪漫而又难忘的，但所谓浪漫，不过是在生命的某个环节，遇到一个与自己一起爆发荷尔蒙的人，发生的一次意外而已，所以对浪漫不必迷信，也不必在意，顺其自然就好，不必因得到而狂喜，也不必因失去而抑郁。

远方的客人别过来

作者/［美］布鲁诺·马尔斯

这么多年过去了，我偶然听到米娜的消息，她在纽瓦克继承了外祖父的家业，过得很幸福自在。

要了米娜的电话，做了挺久的心理准备工作，待到夜深人静，我终于拨通了电话。米娜显得很兴奋，一如当初，对我还是指出种种不是，并质问我为什么不去找她。

我当然想去找她，这是骨子深处的一种冲动。我跟米娜曾在一起三年，那段时光我们很幸福，米娜是个不错的女孩儿。

后来又打了许多次电话，米娜每次都显得特别轻松，我便问：“在干吗呢？”她便神秘地告诉我，接管祖父的花店，生意还不错哦！电话那边又传来喧嚣的声音，大概是顾客吧，我便轻轻地挂了电话。

听米娜说，生意好得出奇，一年下来平均每周收入不少于两千美元。这简直就是花店的奇迹。我说："米娜，我要去纽瓦克，看看伟大的女商人到底是怎么炼成的。"于是，电话那边便传来哈哈的笑声。

我真正准备去纽瓦克，是在两个月后，与米娜打电话的那些日子，让我越来越感觉到，其实米娜对我真的不错，或许，曾经的初恋会让我们重新燃烧出激情，哪怕这些激情是短暂的，只是昙花一现的美丽。

火车在纽瓦克停下来，我只背个简易旅行包，奔上古老的街道，深深地吸一口气，"纽瓦克，我终于来了！"米娜是否会像我无数次想象的那样，不顾一切地奔向我，我们紧紧拥抱在一起？

不过，世界上许多事并不会如自己所愿，所谓浪漫，只不过是在生命的某个环节，遇到一个与自己一起爆发荷尔蒙的人，发生的一次意外而已。纽瓦克是一座古老的城市，它很成熟。

我打出租车去了米娜的花店，当时她很忙，看到我来，一边为客人插花，一边招呼："实在不好意思，你先在那边坐坐。"然后，我便坐到了一旁，自个儿动手泡了一杯咖啡，一边品尝，一边看着忙碌的米娜。

直到傍晚，顾客才逐渐远去，米娜过来连声道歉，并告诉我，待会儿带我一起去吃特色中国菜，她老公会开车来接我们。

我笑了笑，米娜终究是嫁人了，她的老公想必对她很好，否则，依米娜的脾气，早该抱怨起来。我说："米娜，生意这么好，有什么诀窍啊？"

米娜将剩下的咖啡倒在我杯子里。"其实也没什么，你了解纽瓦克吗？"我摇摇头，米娜便告诉我，这是一座有着悠久文化的历史名城，尤其是这里的中国陶瓷，全世界闻名，很多人专门跑到这里参观纽瓦克博物馆，那里面有中国近一千五百年的珍贵瓷器，很美，也很珍贵，他们都是陶瓷迷。

这跟花店有什么关系呢？米娜指了指旁边的插花瓶，"你知道吗？我后来才发现，外祖父留给我的花瓶其实是一件珍贵的中国瓷器，听说是名镇景德镇的极品，很多人都打它的主意。"

原来，那些买花的人每次都想借着买花，顺便把花瓶也便宜买走，可米娜从来都不答应。我说："你总不愿意，那客人又怎么总来买花呢？"米娜再次哈哈大笑，这种笑一如从前，特别纯真，特别放纵。

"我不期待回头客，来这里的人都是远方的旅客，他们买走了花，也基本不会再回来，所以，你看，一切就这么简单。"

后来，我终究还是没有等米娜的老公，也再没有和米娜见面，或许米娜并没有留意，又或者她原本就知悉一切，不期待回头的客人。是呀，在爱情的世界里，我该以什么样的身份去玩一回自己所谓的浪漫？对不起，米娜。

点评：

好的阅读，是能从别人的故事中读到自己。看完此文，想起高中时曾看过一篇叫《同路客》的文章，它说人与人之间，无论男女，相逢是缘，分离也是缘，相逢时是同路客，分离后又会遇到新的同路客，纠结于过去，没有太大意义。

精彩导读：

在爱情的世界里，有一种毒是无解的，那便是误解。在一个浪漫的山坡上，一个浪漫的女人与一个不浪漫的男人约会，突然出现的眼镜蛇，让男人撒腿就跑。女人心灰意冷地待在原地，她觉得，爱情死了。但首先死去的是逃走的男人，他是被毒蛇咬死的。女人毫不犹豫地永远离开了那座城市，所以也永远不会知道，男人是为救她而死。

这种毒没有解药

作者/［墨西哥］卡洛斯·富恩特斯

这样的夜里，这样的山坡上，大概只有他们两个人会坐在这里。

月亮显得特别圆，特别亮，徐徐在面前升起，像童话里的景象一般。女人依偎在男人怀里。

谁能说这不是浪漫呢？偌大一个山坡，两个人的世界。女人问：“为什么只有咱们俩呢，这地方只有你知道？”

男人不回答，女人便双手环着男人的脖子撒娇，“为什么呀？”然后，你以为男人会提出一些小要求，比如，“好了，所有人都明白是怎么回事”。但是，这个男人，他在这样的情景下，竟然把头扭到一边。

直到女人生气的时候，男人才懊悔不已。当然，他并不知道，女人在这个时候生气，多半是假装生气。“你真的想知道为什么？”

“快说，快说嘛。为什么没有其他人来？”女人的眼神很迷离，这个时候，如果回答得跟浪漫搭上一丁点儿边，一切就会顺理成章，让所有人都满意，都觉得这样子很好。

其实，很多人曾思索，为什么男人最后的答案是那样的，但没有人愿意真正去分析，因为后面的故事会让你明白一切。

男人说：“有蛇。山上有蛇，所以那些人都不敢上来，这样的美景只属于勇敢的人。”

女人尖叫一声，躲进了男人怀里。男人哈哈大笑，似乎所有的蛇在他看来都只是一些无可畏惧的小虫子。

山上到底有没有蛇，是不是真的有很多蛇，这个问题并不重要。关键是男人与女人抱在一起的时候，果真有一条蛇，一条毒蛇出现了，并极具攻击性。

女人吓呆了，男人说：“眼镜蛇。”

眼镜蛇几乎有手臂粗，样子很恐怖，女人的指甲已经深深嵌入男人的手臂。但是，男人突然使劲一甩，将女人甩在一边，然后迅速起身，奔向远处，他竟然逃跑了。

浪漫烟消云散，山坡上原本宁静的场景瞬间成为一场恐怖片。女人倒是没有被蛇攻击，但女人的爱情却死了。等到山下的人跑上来，蛇早已不见了。有人告诉女人，那男人死了，是被毒蛇咬死的。

女人说，“那蛇是眼镜蛇。”那些围观的人便纷纷赞叹：“这样的男人死了实在是太可惜了，为了保护一个女人，他是一个勇敢的男人。”

但女人却像疯了一样，骂道：“不，他简直不是个男人，看到毒蛇过来，竟然把我甩在一边，独自逃跑，他死得活该。”

眼镜蛇的毒虽然很可怕，但如果救援及时，还是有希望获救的，只可惜，女人不知道是被吓晕了，还是被气晕了。

有些事情，女人永远都不会知道，因为男人死后，她也马上离开了这座城市，没有回头。但收拾男人尸体的医生却发现，男人的工作证显示，他是一名有毒生物研究者，而且已经有八年的从业经验。

业内人士都知道，男人熟悉各种有毒生物，对于这种普通的眼镜蛇的习性，更是不可能不知道，它更喜欢攻击那种主动逃跑的目标。男人之所以逃跑，在那种关键时刻，自然是为了保护好女人。

在爱情的世界里，有一种毒药是无解的，那便是误解，因为你已经被深深埋在某种固定的思维里，以为一切就是那样，其实不然。但在某种程度上，这个世界充满愚昧。但愿里面的人永远不要醒过来，以免感到生不如死的痛楚。

点评：

有些故事，需要配上特别而意外的结局，才会好看。这对同学们应该会有启发。文中对“误解”的设置，就像相声里的“包袱”，抖得恰到好处，才能产生效果，抖得太早或太晚，都将事与愿违。

精彩导读：

因为异地恋而分手的男女，会彼此理解而无怨无悔吗？相爱总是简单，相处太难。更何况是远在他乡，天各一方。爱不能总是激情澎湃，有时也会深沉低调。丽娜的歇斯底里，是否让你的铁石心肠也为之一颤呢？

每一种寂寞都值得原谅

作者/佚　名

我一度信奉，两情若是久长时，绝不在朝朝暮暮，但当丽娜果断地说出分手二字时，我终于明白，异地恋不仅仅是两地的隔离，更是两颗心在岁月蹉跎中变得陌生、疏离。

赶往那座小城的时候，丽娜早早地就在火车站等着了，这让我有点儿感动，环顾了下周围，那个取代我位置的男人没有出现，我问：“他呢？”

丽娜笑笑，说：“先找个地方休息吧。”然后，还拉了一下我的衣袖，如果不是那分手二字真真切切地刻在心里，我仿佛又回到了那些爱恋的日子，丽娜是个好女孩儿，即便她已然背叛，我却没有丝毫怨恨。

在咖啡厅，丽娜说："还是不要见他了。"我沉默了一会儿，说："也好，他一定很优秀吧。"丽娜还是笑，很迷人的样子，告诉我："各方面都没你好。"

我认为，这是慰藉之词，如果什么都没我好，又怎么会从我手里把爱人抢走？可是，当丽娜习惯地舀起一勺汤给我，那一刻，我知道，她没有骗我，她的每一个动作都一如当初，和我在一起，她并没有刻意去避讳爱的细节。

她说："我就是个脆弱的小女孩儿，我需要呵护，每天都很害怕空虚和寂寥，你一定会笑话我吧？"那一刻，我真的释然了，一个小女孩儿独自在一座陌生的城市闯荡，自己有什么理由去苛求她在孤独中等待自己，她的孤独或许不是我能体会的，她选择一个对自己好的身边人，也并没有对不起谁。

回家后，我打电话给丽娜，忍不住询问她的生活，不知为什么，我依然愿意说一些关心的话，甚至在她生日那天，让花店送去了一束鲜艳的花。那天，丽娜打来电话，聊了许久，最后忽然哭起来，歇斯底里地对我吼："你不要再对我好了，我怕自己又会变心！"

后来，再后来，我和丽娜的联系越来越少，直至完全断绝，但她在我心里却依然那么美好，或许，有些爱永远不会消失，只因每一种寂寞都值得原谅。

点评：

对学生作文来说，观点型的题目，才是好题目。好的文章，首先应该中心明确而突出，并传递正能量，然后才是语言和结构这些外在形式的包装和雕琢。

精彩导读：

这是一个韩国版“非诚勿扰”的故事。他们在地铁中相亲，却没有在地铁中相爱。他觉得幸运，爱这样慷慨，忽然就让他遇见了她；他又觉得不幸，爱又这样吝啬，容不得他多说一句“我爱你”。

地铁中转不了爱情

作者/佚　名

在讲仁川地铁站之前，我必须讲一个女生，我们叫她美子。美子最大的特点就是热情，愿意帮助人，只要她力所能及。正因为如此，在某个时间，我假装很随便地跟她说：“给大哥介绍个女朋友，反正，我要求不高。”

其实我要求还是蛮高的，这点美子也清楚，不过她还是点了点头，对她来说，身边多得是姹紫嫣红的小师妹，找个过得去的跟我交流下，问题不大。

不过，问题虽然不大，却也不小。所以，当美子在电话里让我准备一下时，我还是挺紧张的。接下来，便是我要讲的关于仁川的故事。

仁川是学校通往市区的枢纽，第一次见面选在地铁站，这是那个叫莎莎的女孩儿的主意，很显然，对方蛮有情调。我完全可以悄悄地问美子："长什么样啊？人家喜欢什么类型呀？"可惜这种时候，我这做大哥的完全问不出话，仁川快到了仍一无所获。

不过，莎莎毕竟还是让我惊喜了，严格说来，应该叫惊艳，很精致的一个女孩儿，是我喜欢的类型。几句话下来，对方很开朗，我的喜欢便又多了一层，唯一的遗憾便是莎莎已经工作，环境不同，很多东西就难免有分歧，不过，我跟美子掏了心窝，不在学校没关系，明年我也毕业了，到时一起奋斗更好，也就是说，在我心里，认定她了。

当然，这只是我单方面的意愿，莎莎怎么想，我不好问，也不能问。所以，好不容易等到第二天，我便焦急地打听情况。我知道美子是个爽快人，她答应做的事一定可以做到，可是，对于这件事，我觉得她回答得实在是爽快得有点儿过分。

"不合适，莎莎就回答了三个字。"美子的转告丝毫没有委婉，哪怕一点点。看我失望，才又问："昨天你是怎么跟人家讲的？"要不是美子这一问，我还真忽略了最关键的地方，在仁川那几个小时，自己根本就没向莎莎表达过半点儿想法。这不是我的风格，既然中意，就一定要说出来。

然而，仅仅就地铁那几个站的距离，我却再也没机会跟莎莎哪怕见上一面，发了几条短信也是不痛不痒，发狠说只要莎莎过来，就直接表白。可那终究只是停留在想象的层面，现实比梦想要残酷太多太多，不过一个月，突然传来“噩耗”，莎莎和她公司的帅哥好上了。

当然，“噩耗”这个词用得不对，无论怎么说，这都是莎莎的幸福，虽然不能当面道一声祝福，那么至少也不能有半丝埋怨吧。

仁川的美好爱情就此夭折，美子说不要泄气，我也认为没什么关系，事业未成，儿女情长的事不谈也好。可是，仁川的故事从来就没有简单过，我记不清大概隔了多久，只知道时间很快，特别快，突然有一天，美子传来消息——分手了，莎莎分手了。

也就是说，如果我还相信仁川那次邂逅，如果我的爱情梦仍然美好，那就应该抓住机会，美子提醒我，要努力。

我敢说，自己非常努力，努力地学习。这一点连美子都觉

得莫名其妙，为什么我喜欢她，又不采取任何行动呢！这不矛盾吗？其实并不矛盾，因为那一天，我独自又去了一趟仁川，在那里，我看见地铁电视里说，如果一个男人还没有足够的能力，他所拥有的一切都是脆弱的，包括爱情。

我想利用最后的半年把那个名叫“事业”的词做得精彩一点儿，至少要让莎莎过上幸福的生活才算得上爱情，我坚持自己是对的，只要半年。

然而，仁川的地铁从来就不等待，在即将毕业的最后时刻，我还来不及告诉她，幸福就在眼前，她却又拥有了另一份幸福，她就是这么惹男人喜欢。

我只能跟美子解释，自己从未努力过，才会错过。不过，我还是感谢她，仁川的故事虽然很失败，却很充实，我不会忘记曾经对一个女孩儿那样动心，也不会忘记有那样一个女孩儿给了我深深的教训，这就是人生，我只能对人生说，她就在彼岸，可惜，地铁中转不了爱情。

点评：

本文虽然在讲失恋的故事，但人生态度还是积极向上的，没有一味流于伤感。这对同学们的写作是一种启发，很多事情，看清了，也就看轻了，比如爱情，当你的爱来了，你未必能把它变成爱情，仅此而已。

第二章 蓝血训练营

精彩导读：

他叫菲热尔，一个众所周知的经纪人。他靠什么从一个乌拉圭的穷小子，变身为全球炙手可热的足球转会教父？原来，教父的秘密是：沟通。他与人沟通的方式非常独特，他有一个奇怪的家庭制度：每个星期至少有一晚，所有家庭成员都必须去与陌生人打交道，方式不限，总之当晚不能回家，第二天与家人分享自己的故事。

教父的秘密

作者/［阿根廷］斯卡梅达

他出生在一个贫困的家庭，没有丰富的金矿，也没有辽阔的牧场，在狭长的乌拉圭国家，像他这样的人多半会成为偷渡者、异端或者等待救济的可怜虫，这是一个人的宿命，也是那个时代的特征。

他曾百无聊赖地睡在海边，任凭咸热的海水带着海沙扑进嘴里。

不过，他后来还是变了，与身边的许多人不一样，他竟然突破了世俗的藩篱，走出了自己的海上“丝绸之路”。

他的名字叫菲热尔，一个众所周知的经纪人，对于那些足球俱乐部来说，则更喜欢叫他“皮条客”，因为在他掌控的足球世界里，贝利、马拉多纳、克林斯曼、古利特、里杰卡尔德、苏格拉底、邓加等都曾和他有过经纪合约。卡卡、泽罗伯托、罗比尼奥等巴西球员更是他一手发掘的王牌，菲热尔手下有100多名工作人员搜罗南美洲各地的足球天才，再将他们交易到欧洲。

凭着独特的嗅觉，他竟然成了声名赫赫的“转会教父”。但是，不仅仅乌拉圭，在整个南美洲，甚至全世界，有不计其数的人怀着一统足球天下的梦想，不顾一切地要建立自己的帝国，都失败了，只有菲热尔是个例外。

菲热尔的成功是一个秘密，许多人在窥探，是不是他背后有什么特别的力量，或特殊的势力。可以说没有，也可以说有，前者是那些窥探者得出的结果，而后者则是菲热尔自己在多年后总结的经验。

当菲热尔还是一位少年时，他总是要想尽办法多结交朋友，还要和他们永远处理好关系。

多年后，菲热尔建立了自己的家庭制度，每个星期至少有一个晚上，所有家庭成员都必须去与陌生人打交道，吃一顿饭，喝一杯酒，无论你通过什么方式，这个晚上不能回家，第二天还必须与家人分享昨晚的故事。

就是通过这种方式，不管有意还是无意，菲热尔从小便在积累着自己的人脉关系，学习如何与更多的人相处，或许对方会讨厌他蹭饭、蹭住宿，但多年的经验让他变得游刃有余。对于那些玩足球的人，菲热尔一眼便将他们看透了，并且非常自然地将他们笼络成自己人，以至于所有他经手的球员都会说，他们的一半所有权属于菲热尔。

教父成功的秘密，便是沟通成功的秘密，而与人沟通，许多时候是一种积累，不管在技术上还是情感上，没有积累的意识，以及不顾一切的追逐精神，不可能突破现有的桎梏，走出一条属于自己的海上“丝绸之路”。

点评：

励志的故事，可以给同学们提供作文的素材。从本文中，可以提炼出“成功”“沟通”“执着”“积累”等话题，供大家参考。而不得不说的是，可以向成功者学习，因为成功的人总有成功的方法，但即便你去学，也未必像他一样成功，因为你已经比人晚了一步，而且有毅力的问题。所以，在实际写作中，思维不能太僵化，语言不能太绝对。

精彩导读：

麦拉是一个籍籍无名的作家，在一家咖啡馆角落里的凳子上偶然发现一本手稿，那是服务生从杂物间翻出来消磨时间用的，但杂事太多，并没有时间看。麦拉却如获至宝，不仅带走了手稿，还以自己的名义出版了，并迅速成为畅销作家，但终于有一天，手稿的主人找来了……

麦拉手稿

作者/［英］唐纳·埃文斯

咖啡馆很破旧，除了窗户玻璃被擦得很干净外，其他地方都显得很陈旧，也没几位顾客，麦拉进来的时候，服务生只是点了点头，麦拉本来想转身离开，但余光扫过的地方，麦拉发现有一个东西放在角落的凳子上。

没人坐在那里，出于好奇心，麦拉过去了，用手擦了一下桌子，还算干净，便坐了下来。那个东西不是别的，是本手稿。麦拉随手翻了翻，招呼道："咖啡，谢谢。"

麦拉自己也没料到，自己的一生就是在这个咖啡馆、这个角落，因为手中的这本手稿改变的。从翻开第一页起，麦拉就发现，自己对它简直爱不释手，手稿所描述的故事开篇便引人入胜，一个个小故事总有让他意想不到的结局。

这是一本绝妙的手稿，作者一定是一位优秀的作家，麦拉问服务生："这东西是谁的？"服务生一脸茫然："不知道，好像放在那里很久了，从没人动。"

他们真是不识货，麦拉了解到，这本手稿是一位服务生在杂物间翻出来的，本来想看看，但扔在那个角落后，却再也没看过。

麦拉拿走了手稿，没人在乎他拿走，只是一本破手稿而已。

经过几天的挣扎，麦拉终于忍不住，将手稿投给了皮特曼出版社——全大不列颠顶级的出版社之一，然后麦拉便忐忑地等着消息。

麦拉忐忑是有原因的，他也是一名作家，只不过他的作品从未得到认可，几乎没有出版社愿意出他的书。这次的手稿，他觉得非常有希望出版，但在作者的姓名栏，他像着了魔一样，写的是自己的名字麦拉。

七天后，出版社的总编，还有两个助手，拿着协议直接来到麦拉家里，"书太好了，马上出版"。麦拉再次陷入欣喜与忐忑之中。

书取名为《麦拉手稿》，卖得很疯狂，几乎在一夜之间，麦拉成为全国最火爆的作家，他的名字、照片成为各大报刊的头

条，电视台也纷纷预约节目。

可是，麦拉心里很难受，越来越难受，如果真正的作者找上门来该怎么办？然而，这件事已经无法回头。

世界就是这么奇妙，当麦拉的手稿成为热门作品后，麦拉以往的稿子，那些总不被看好的作品，也全部被出版社拿了去，出版之后反响竟然与手稿一样好，各种评论、研究接踵而至，将麦拉推上一个又一个高峰。

当麦拉的心稍微平静些的时候，当时间逐渐远去，手稿的事情快要被藏进心底的时候，该来的终究还是来了，那位从印度刚回来的老人，找到麦拉，说道："那本手稿中写的是我的亲身经历，我想，你可能错了。"

麦拉无地自容，他没办法做任何解释，或许，明天一大早，自己就会被骂得一无是处，连最基本的道德都没有，还算什么先锋作家，更别提什么引领一个时代的潮流了。

但是，老人并没有对他进行任何指控，而是静静地坐下来，说道："我并不想夺回我的手稿，既然已经出版了，我便不觉得遗憾，小伙子，我想你能够担当一本手稿的责任，没有什么错误能够决定你的一生。"

曾经，麦拉并不理解老人的话，那本手稿到底要让他承担什么，又能决定什么？直到多年后，当麦拉变得也像老人那样，佝偻着背，认真地趴在桌子上撰写着他的手稿；当外面的世界对麦拉的评价，已经远远超越了当年，他已经有十余部作品被认为超越《麦拉手稿》时，麦拉终于明白了那句话，没有什么错误可以决定一个人的一生。

点评：

阅读，就要学会多角度阅读，这样可以帮助自己在文章立意上得到更多的收获。从大家积累素材的角度，也可以从中提炼诸多话题：机遇、眼光、良知、责任、宽容、自信、错误、担当等。“没有什么错误，可以决定一个人的一生。”也是一个很不错的观点。

精彩导读：

杜克因车祸失去了妻子，一度消沉，但一个星期后，杜克就变了，变得精神焕发，他兴致勃勃地在那个出事的十字路口指挥交通，而且，一干就是十多年。医生说，他得了严重的臆想症。他的指挥很不专业，但他的认真，让那个路口连一次小小的擦碰事故都没有发生过。但有一天，杜克被真正的交警换走了，杜克会怎么应对呢？

请叫我警官

作者/［英］默文·奥斯丁

车祸发生得很突然，杜克简直无法接受，妻子就这么走了，直到现场被清理干净，一切归于平静，他还是不愿意离开。

爱兰特镇的人一度认为，杜克受不了这样的打击，这样不吃不喝，早晚会吃不消的。可是，谁也没料到，一个星期后，在那个十字路口，杜克精神焕发，使劲地挥手，向左，向右——他竟然在指挥交通，他要充当一名交警，尽管他的动作显得那么生硬。

本以为杜克只是一时冲动，坚持不了多久，然而，一个月，两个月过去了，他竟然日复一日，坚持了下来。偶尔有人不听指挥，他竟然真的冲上前去，拿出一副劝导兼训话的样子，“下次不能乱闯了，必须听交警指挥。”

杜克得了臆想症，而且很严重，镇上的医生说，只能慢慢等他自己恢复。当然，他本人并不知道自己的问题，只要下班，离开十字路口，杜克的行为举止都非常正常。

日子久了，看着杜克认真的样子，路人都觉得有点儿好笑，分明指挥错误，还一副煞有介事的样子，有人故意大声喊：“警官，为什么要等这么久？”杜克便会严肃地回答：“这是国家规定的，为了安全，请务必遵守。”杜克变成了警官，而且这一站便是十余年，许多孩子都以为他是真正的警官，而杜克自己也从未怀疑过这个事实。直到有一天，有人拍拍杜克的肩膀，说：“兄弟，可以谈谈吗？”“请叫我警官，谢谢。”但那个人好像不大乐意，两个人争执起来，而最后的结果让小镇的人很是惊讶，杜克竟然被带走了。谁有权力带走我们的警官？要知道，这十多年，杜克站岗的地方，连一次小小的擦碰事故都没发生过。小镇的人想去拯救他们的警官，或者说，拯救他们的病人，但是，最终还是没能去成，因为一行人陪着杜克回来了，后面还跟着镇长。上面派了真正的警官下来，镇长强调说，为了小镇的安全，还是别让杜克胡闹了，毕竟杜克太不专业了，许多指挥都不符合要求。

听说，杜克回家后一直闷闷不乐，每天依然会跑到十字路口，虽然不再指挥，但看得出，每当有车经过，他便会特别注意，他的臆想症终究未能痊愈。

本来以为，杜克再也没机会指挥交通了，这终将成为一个悲剧。可是，不久后，当镇长还有市长带着一群人来到杜克家，将一身真正的交警服交到杜克手中时，所有的人都鼓起掌来。

十多年来，小镇的人们已经习惯了杜克的指挥，谁说一定要符合某种规定的指挥才是科学的指挥？杜克用他的认真、他的态度创造了小镇的交通规则，这是一条没有具体条款，却非常实用的规则，小镇已经离不开它。“那么，杜克先生，请问您有什么话想说吗？”一群记者对着杜克采访。“请叫我警官，谢谢。”杜克回答。

点评：

这是一个悲情又温暖的故事。同学们应该可以从中读出杜克的挚爱，读出小镇上的人们的淳朴、善良和包容，读出镇长的人道和变通，读出对“规则”的另一种理解。

精彩导读：

当林肯还在为自由主义而奔波时，却亲身经历了一次“羞辱”。他在出席会议时，那张写着自己名字的卡座被两个女孩儿推倒，并被调换了位置。目睹这一切的林肯会怎么做？

破坏者无罪

作者/［美］凯特·波菲尔

这是一次重要的联席会议，主办方一定做了精心的准备，除了各种精妙的布置，他看见，自己的座位前摆着一张卡座，写着自己的名字，而令他感到惊喜的是，旁边的另一张卡座，上面的名字是罗伯特——自由主义的倡导者，美国的平民领袖。

看得出，那一刻，他迫不及待地想坐过去，然后等到罗伯特到来时，便好好跟他请教一下北方联邦未来的发展出路。可是，刚跨出第一步，背后突然蹿出两个女孩儿，穿着传统的英式礼服，夸张地说：“露丝，你看，我们的座位在那儿。”

然后，又是一声尖叫：“哦，天哪，罗伯特，我最爱的罗伯特！”稍小一点儿的女孩儿毫不犹豫地把他的卡座推倒，把她们两个人的卡座放在罗伯特身边。看得出，那个叫露丝的女孩儿稍微有点儿犹豫，小声嘀咕：“这样子不好吧。”可大概依然没能抵制住罗伯特的诱惑，还是光明正大地换了座位，然后随意地把他的卡座摆在一旁。

她们完成了置换，这让他有点儿尴尬，自己无论怎么说也是与罗伯特齐名的自由主义倡导者，却没想到原来与别人的距离相差这么远。看两个女孩儿的神情，分明丝毫没在意他的名字，这简直是一种侮辱。

“我应该怎么做，冲上去教训她们一顿？似乎有失绅士风度，更不可能强行把卡座换回来，然后理直气壮地说，这是我的座位。”他想，“我绝不是那种人。”

很显然，当时他非常郁闷，心里有种说不出的感觉，直到会议开始，他悻悻地坐下，果然看见旁边两个女孩儿不停地在跟罗伯特请教有关黑人平等的问题，其实他对这些也非常感兴趣，只是，他却被冷落了。

幸运的是，旁边的一位来自纽约的年轻人也显得很孤单，看到这种情景，他便主动打招呼：“嗨，这次会议真的很不错，既有著名的将军，也有平民领袖，还有那么多学生和记者，对于美国未来的发展将起到至关重要的作用。”

因为和年轻人聊天，他逐渐放松了心情，而且从年轻人口中得知，那两个女孩儿也来自纽约，且是有名的学生代表，曾多次撰文报道美国黑人的艰难生活。

“这么说来，她们应该坐在罗伯特身边，她们把我的卡座推倒，摆上自己的卡座，这正是民主与自由的真正含义，在美国当下的环境，正需要这种无畏的精神，如果需要用两个词来归纳，我想，这就是‘破坏’与‘重建’。”

当他走上主席台，谈论自己的看法时，他特意把这件事摆了出来，而且他还向主办方提出建议，以后在安排座位时，不应该把嘉宾安排在一起，而应该将各阶层的人错开安排座位，这样才不会被破坏，才能实现真正自由地交流。

他的这种认为破坏者无罪，反而倡导平等、自由和民主的精神，是一种真正的从骨子里散发出来的精神。当他走下主席台

后，那两个女孩儿马上热情而疯狂地对他进行采访，向他请教美国未来的发展方向，而他在后来的岁月中，也的确将这种破坏与重建的精神引入了国家的建设当中，并取得了辉煌的成绩。

他不是别人，正是美国南北战争的领袖林肯。多年后，当美国南北终于统一，在他的演讲词中，有一句话特别醒目，那就是："当一种秩序本身不合理时，破坏者则无罪，不能因为世俗和传统抹杀任何一种创新与进取的精神。"

点评：

林肯的隐忍、对民主与自由的独特理解，都给人留下了深刻印象。一个人的伟大，并非因为他完美无缺，而是能超越普通人的境界，上升到一个更高的层次。这个过程，才是真正打动我们的地方。

精彩导读：

当年近七旬而又体弱多病的伽利略，在严刑威胁下接受了三次审讯后，他跪在冰冷的石板地上，在教廷写好的“悔过书”上签了字。终身监禁的判决结果，让罗马沸腾了，教皇被迫释放伽利略。伽利略并没有像布鲁诺一样，选择不屈地被烧死，他颠覆了我们对“英雄”的定义。

什么样的国家盛产英雄

作者/［意大利］法里内利

伽利略是不是一位英雄？答案是：否。

这非常让人难以接受，但事实，或者说史实的确证明，在1632年，这位伟大的科学家终于顶着巨大压力出版了《对话》。

教皇集团激烈地主张严惩伽利略，而神圣罗马帝国和西班牙王国认为，如纵容伽利略会对各国国内的异端思想产生重大影响，向教皇提出联合警告。在这些内外压力和挑拨下，教皇于这年秋天发出要伽利略到罗马宗教裁判所受审的指令。

当然，这只是背景，关于英雄的概念，离不开伽利略随后的故事。年近七旬而又体弱多病的伽利略被迫在寒冬季节抱病前往罗马，在严刑威胁下被审讯了三次，根本不容申辩。几经折磨，终于在1633年6月22日在圣玛丽亚修女院的大厅中由10名枢机主教联席宣判，主要罪名是违背“1616年禁令”和《圣经》教义。伽利略被迫跪在冰冷的石板地上，在教廷已写好的“悔过书”上签字。

主审官宣布：判处伽利略终身监禁；《对话》必须焚绝，并且禁止出版或重印他的其他著作。此判决书立即通报整个天主教世界，凡是设有大学的城市均须聚众宣读，以一儆百。

这是科学的挫败，或者说，这是英雄的坠落。故事绝非如此简单，伽利略的学生、他的追随者们纷纷奔向街头，要求释放伽利略，要求解放科学，将真理洒向人间。那是一场轰轰烈烈的运动，整个城堡像被点燃一般，有人说，天主教害怕了，教皇甚至夜不能寐。

伽利略被推向了英雄的圣殿，他的号召力似乎一夜之间超越了科学界，成为整个国家的典范。难道我们可以否认他是一位英雄？谁敢否认他是一位英雄，从任何角度？

可是，当我们的英雄——伽利略，他出来时，他的学生，他所在国家的公民冲过来：“老师，你顶住了？你终究是顶住了。”你们知道吗？你们能够想到伽利略的回答吗？“不，我招了。”伽利略说。

所有人都震惊了，为什么？为什么如此软弱？伽利略显得很平淡，说："因为我怕挨揍。"震惊化为愤怒，矛头瞬间转向。他最得意的门生甚至大声疾呼："没有英雄的国家真不幸！"

没有英雄的国家的确让人鄙夷，任何一个国家，哪怕一座城市都需要英雄，需要榜样。这是一个非常明显、非常值得认同的命题。可是，伽利略摇头，他再次说："不，需要英雄的国家才不幸。"

一个又一个时代过去，当我们回过头，细细品味一个不愿做英雄的人所说的话，会有一种顿悟，什么样的国家盛产英雄？其实，理性的国家不需要英雄，只有失常的国家，才将希望寄托在英雄身上。

点评：

理性的国家不需要英雄，只有失常的国家，才将希望寄托在英雄身上。但话说回来，这种想法也只是一种理想的说法，因为"理性的国家"也只是一个理想状态，在高度发达的美国，不是也在上映《超人》《蝙蝠侠》这些英雄电影吗？

精彩导读：

黛丽与石油王子的结合，似乎是美貌与财富的最佳组合。但是婚后，另一个男人对黛丽公然发起了猛烈的追求，而且是持久战。最终黛丽净身出户，那个追求者却因此放弃了她。连续的“打击”没有让黛丽沮丧不已，因为她有笑的永恒资格证！

笑的永恒资格证

作者/［土耳其］哈尼姆

爱是指爱情，但性却并非指性爱，当爱被剥离，性会显露其最本质的一面。

黛丽就是最好的证明，一个绝对让你看不透的土耳其女郎，高挑、冷艳、唯美，可以说，很具有地中海风情，或者说，整个欧洲的男人和女人都会为她疯狂。

难道不对吗？她的丈夫是阿拉伯地区有名的石油王子，不缺钱，更不缺人爱，大队的王公贵族排着队在追求她。当然，到了这个地位，过了那个年龄，即便外表青春得仍然让那些少女自卑，但内心深处却已看破许多浪漫和冲动，无论是谁，都不能打破她的生活。

这是爱的一个很重要的层面，简直就是刀枪不入，但有个男人却毫不知趣，还是石油王子的座上客，竟然明目张胆地去找黛丽，一次，两次，三次……轰轰烈烈地打起了持久追逐战。

像黛丽这样的女人，当然不会上当。我开始也是这样想，但结果却是，日子久了，久到人性深处有些东西不自然地流露了出来，然后便是一发不可收。

黛丽跟王子离婚了，轻描淡写地走了，连一丁点儿财产都没带走，因为女人还是那个天上的女人，她自知理亏，没有任何要求。可是，那个追了她五年的男人，得知她空手而来时，却义正词严地告诉她，舍不得妻子和孩子，不能跟她地老天荒。

黛丽疯了？答案是否定的，谁会想到，一身孤影的黛丽淡定地在海边找了个住处，一个人的日子依然潇洒，毕竟是与众不同的女人啊！人生就是需要这样。

但千万别急，关于爱，并未就此结束。就像地中海的波浪，总是一波后还有一波，总会出乎人们的意料。在那个阳光明媚的日子，那片沙滩上，黛丽竟然看见心中的王子和一个男人坐在太阳伞下，欢声笑语。

刹那间，内心一直以来的愧疚土崩瓦解，王子并非心中的王子，爱情也绝非她向往的爱情，无论是那个锲而不舍追求自己的小男人，还是万般般配的石油王子，他们内心到底在想着什么，已经不重要，关键是黛丽看到，爱情被他们彻底撕碎。

或许，关于性与爱之间的那点微妙的东西，有人已经开始下结论了，如果真是这样，未免太过焦急。我必须宣告的一点是，一个静悄悄的下午，黛丽潇洒地跑到那个小男人面前，把一本账册摊开，从骨子里给对方以鄙视。

男人说，对黛丽的爱是永恒的。这话，当然没人信。

因为黛丽的账户上，那些数字并不比石油王子少。这么多年，黛丽并不是个什么都不懂的傻女人，只是稍微用了点儿专业知识，便在国际股票、期货等杠杆上玩了几招，赚得悄无声息，没人知道，只因她不缺钱，所以不在乎。

有人说，黛丽终究是个富有心计的女人，其实不然。在生命的任何阶段，只要用最本原的方式去面对身边的一切，自然会发现，自己永远有笑的资格。

点评：

人生会面临很多选择，在这些选择面前，你不可能永远是胜利者，就像黛丽难免遇到唯利是图的伪君子，甚至最终看清丈夫对自己的爱都是虚假的，但只要她愿意，总能活得潇洒一些。

精彩导读：

小时候的曼德拉就总是给自己挑最大的桃子，从不顾及老师和家长的感受。但他的启蒙老师后来被问及是否讨厌这样的曼德拉时，老师却给出了出人意料的答案，看似自私的行为，竟成了卓尔不群的优点，这究竟是怎么回事呢？

曼德拉的桃子

作者/［南非］特洛耶希尔

那个时候，曼德拉有另外一个名字——纳尔逊，这是他的小学启蒙老师为他取的名字。小时候的曼德拉，正如遥远东方的中国，也曾因为一个水果发生过耐人寻味的故事，在交际圈子里让人百讲不厌。九岁的曼德拉，在老师端出一盘非桃的时候，总会选择最大、最新鲜的一个，而不顾及别人的感受。

小学的教室里，当然有比曼德拉更小一点儿的孩子，比起东方孔融睿智地“让梨”，你是不是觉得曼德拉实在是太不像话，一个未来的总统，怎么可以这么没风度呢？撇开道德束缚，从交际的角度，至少也是不理智的行为！

启蒙老师叫奈德逊，他笑得很坦然，说“是的，曼德拉的确毫不犹豫地选择了最大的一个桃子，而且不仅仅在桃子上，在面对任何选择时，他都会非常纠结地去比较，自己一定要拿最好的，就像着了魔一样。”

当问及这位早期的老师，是不是很讨厌曼德拉时，他没有正面回答，而是谈及与曼德拉同班的一个女孩儿，也是这位老师的女儿。她跟曼德拉不一样，会选择最小的那个桃子，尽管她并不是最后一个选择。

这似乎是一种秉性，与曼德拉相比，一个较贵的玩具和一个自制的玩具放在一起，女孩儿会选择后者，从而得到长辈的赞赏。有好几次，在摆着琳琅满目的玩具的商场里，尽管身边的人一直在鼓励她选择最好的，但女孩儿还是在挣扎过后放弃了，等到最后才选了一个既便宜，似乎还挺实用的物件。

事实证明，同班更小的女孩儿会在生活中的许多问题上作出明智的选择，这种选择的过程简直可以让曼德拉无地自容，无论家长还是老师，以及身边的许多人，只要是稍微了解情况的人，都会一边倒地倾向于赞扬女孩儿。

但这种证明只是表面的，这些赞扬也来得过于早些。因为在多年后，这位老师在接受采访时，却指出了另一种答案。他说自己的女儿因为艾滋病而夭折，但在离开之前，却握着一个最大的桃子告诉父亲，这才是她真正想要的桃子。

女孩儿不是为自己作出选择，而是为父亲，为身边的人作出选择，她的选择不是为了自己，而是为了别人的评判，在她生命的每一个选择的环节，她充分地考虑了别人的感受，从而不得已放弃了自己的真正追求。

曼德拉呢，在他后来的戎马生涯中，即便蹲在监狱里，他也不断抗议，争取了自己的“单间”，以至于那些狱警很多时候不敢在他面前说错话，以免被起诉，更别提对他进行一些非人的虐待了，但实际上，在当时监狱的管理中，犯人被虐待的比例几乎达到百分之百。

所以，在孩提时代，曼德拉选择最大的桃子，选择最好的、最贵的玩具，选择一切让长辈觉得极不成熟的做法，那些其实没什么，因为自己想要的是最完美的，所以在一生之中，他才没有因为任何阶段性的胜利而停止前进。

如今，曼德拉已经走了，再回首那些遥远的时代，那些艰难的日子，有一点绝对不能被忽略，那就是在曼德拉选择桃子的时候，他从未插队，他只是在自己的位置，当权利属于自己的时候，才会毫不犹豫地拿自己想要的那个桃子。

我们在为人处世的时候，同样必须注意到，对方的选择很可能只是在考虑你的感受，或许你的朋友、合作伙伴还有更真实的想法，如果你没注意到，便很可能造成一次失败的交际。同样，我们在与人相处的时候，也应该学习曼德拉，说出真实的想法，做真实的自己，唯有如此，才不会后悔。

点评：

只要同学们够细心，就会从曼德拉身上发现很多亮点：他敢于展示自己最真实的想法，做最真实的自己，所以他应该很少后悔；他选桃子时从不插队，所以他并不自私，只是当权利属于自己的时候，才会毫不犹豫地争取最大利益；他总是选自己最想要的、最完美的，所以会为此而不断努力甚至斗争。

精彩导读：

令人恐慌的“2012”来了，又安安静静地走了，没有世界末日，大家似乎都可以放心地舒一口气。但是真正的末日，并不是某一天，而是一种态度，对待世界的态度。当世界真的像梦想城一样荒芜时，恐怕人能活下来确实是传奇了。请相信，雾霾、暴雪、地震、海啸……这些绝不是巧合。

我是传奇

作者/［丹麦］奥利弗卡恩

这座城，似乎只有我一个人。

之所以用“似乎”这个词，是因为在过去的很长一段时间里，我没发现除了我之外的另一个人，但这并不能保证在未来的某天，不会有另一个人突然出现，如果幸运的话，这个人可能是女性，如果再幸运一点儿的话，她或许还很年轻，很漂亮。

我在一间美术室里发现一台摄像机，这让我在很长一段时间里忘记了孤独，我想，这些年来，自己的摄影水平绝不会比任何一个名家差，而我的那些作品，保证是独一无二的，一座一个人的城，它的风景该是多么迷人。

城外到底是什么样子，我不清楚，因为从六岁开始，我便进了这座城，从未出去。后来，不知道什么原因，但我猜，可能是人越来越少，而这座城却越来越大，巨大的反差终于导致这座城突然空了，那些熟悉的人在某天，接到某项指令，便突然离开了，走得一干二净。

他们离开的时候，我刚好被马里亚拉那甩了，所以一个人躲在那座最大的图书馆里，啃了三天面包，读完了厚厚一本书，解脱似的出来，却发现我的城已经变了，充满诡异。

这座城有两条路通往城外，一条地铁，穿过地下河，往日里每天都人来人往，现在却连一班地铁都不见了，我曾经试着走出去，可地下铁路绕得厉害，转来转去还是回到了原点。另一条是公交线，这条路线很清晰，可惜，公交车似乎跟地铁商量好似的，停了，更让我难以接受的是，通往外城的高架桥塌了，我彻底被困在这座城里。

还好，这座城不缺食物，几个大型超市可以让我吃一辈子，也不缺娱乐，篮球场、足球场，甚至还有高尔夫球场，如果想看电影，还可以找几张影碟，一个人拥有这座城最大的影院，看一场恐怖片，那是一种绝妙的体验，真希望自己被吓死。

可是，我没有死，我通过电话、网络等各种方式向外面传递消息，可惜，通信都被屏蔽了，他们怎么可以把我一个人扔在这里，他们什么时候回来，这是没有答案的疑问，事已至此，我只能勇敢面对。

为了不让自己失去语言能力，我把美术馆的模型拉到大街上，在他们背上写上熟人的名字，每天跟他们打招呼、聊天，直到感觉累了，便道一声“再见，下次再会吧”。

我的生活越来越有规律，因为这座城市由我来主宰，直到有一天，我在一间实验室发现一架物理望远镜，它改变了我的生活。

这架望远镜虽然不能让我看到城外的世界，却大大加强了我的侦察能力。当我每天正午时分，站在最高的楼顶，用望远镜细细地横扫各个街区，便更容易发现一些被我遗漏的细节，比如一只野兔、一条蛇，还有一头牛竟然肆无忌惮地走在大街上，我得赶紧去驱赶它们，否则，再过些年，这座城便不属于我了，自己最多算这座城里一种叫作人的动物。

望远镜充实了我的生活，当然不是指以上所描述的跟畜生打交道，而是在某个意外的晚上，我不经意地拿起望远镜，发现在这座城的另一边，有一丁点灯火，虽然一闪一闪的，却激起了我无限的希望，有人，竟然还有人，无论这个人是谁，我都爱这个人，因为这个人是人。

其实那个晚上我并没有找到这个人，因为这座城太大，等我走到那边，早已天明了，尽管我呼喊了半天，却没人应答，当时的我有种无比的挫败感。我必须找到这个人，所以，当天晚上我并没有回去，而是待在原地不动，等着灯光亮起，可惜，等了三天三夜，我都没有找到那丝希望的灯光。

或许只有站在属于我的那座楼上才能恰好看见那丝灯光，所以，我毅然回到原地，令我感到欣慰的是，那天晚上，灯光再次呈现在我的望远镜里。

其实，早在许多年前，我便已经在这座城的各个重要路口打了横幅，写了我的名字、我的住处、我的愿望。可惜，却没有任何人来找我。如今我找到了一个可能存在的人，无论对方是否愿

意接受我，我都一定要去找他，不惜一切代价。

我在楼下随便找了一辆车，花了整整三个月的时间，终于可以在晚上奔驰在各个街区。所以，那个冬天，我迫不及待地循着灯火奔驰而去，皇天不负有心人，终于在一处挂牌为数字办公楼的地方找到了灯光所在。十一楼，为了安全，我没有坐电梯，兴奋的我气喘吁吁地往上爬，可是，当我敲开那扇亮着灯的门，却发现，有一位白发苍苍的老人刚好趴向桌面，再也没有起来。

老人是数学系的知名教授，我在很多年前就看过有关他的报道，我本可以和他做最好的朋友，却因为自己迟来一步而失之交臂，看着老教授冰冷的尸体，我再也忍不住，号啕大哭起来。但是，我的辛苦却并没有白费，因为在我痛哭的时候，有人递过来一张纸巾，对我说："不要难过，爷爷走得并不痛苦。"

递给我纸巾的女孩儿年纪跟我一般大，她告诉我，多年前老教授和她本可以一起随大部队撤退，但老教授不甘心，近百年建设的这座城，绝对不可以因为某项指令而放弃，这里有他最满意的实验室，有他一生的心血，所以，他留了下来，带着他的小孙女。

从女孩儿那里我才知道，这座城的荒芜跟环境有关，这座城本叫梦想城，但没有梦想的城市还叫城市吗？女孩儿说，自己是爷爷唯一的追随者。我点头，告诉她，她也是我唯一的朋友，或者，还可以成为女朋友、妻子。女孩儿便笑了，问："那你是谁？"我是谁，我早已忘记我的名字，如果硬要回答，我愿告诉所有人，我是传奇。

点评：

这个极荒诞的故事，也许能带给同学们最现实的感受。生活没有假设，但生活又最怕假设，而且根本经不起推敲，因为，我们可能随时随地都在犯错而不自知。阅读，是为了触碰心灵；写作，是为了释放心灵。

精彩导读：

美国南北战争中，一个奴隶主被绞死了，他的庄园变成了工厂，儿子备受欺凌，关于他的去向，妻子也对儿子撒谎。这是一个多么失败的家庭，但骑士精神都在他们身上熠熠生辉，照亮了未来，也照亮了人性。

骑士

作者/［美］维玛·辛德奇

父亲

死亡于我而言，正如飘过绞索的一缕青烟，一个骑士，并不在乎自己魂归何处，只是在某个月光如水的夜晚，会化作一颗窗外的星星，看看他们会为自己做点儿什么。

“他们”是一个很宽泛的概念，但在我心里只剩下妻子和儿子，北方佬终于统治了所有州土，我的庄园也变成了工厂，贝西显然又被欺负了，他还在天真地想着自己的父亲什么时候回家，这显然是瑞丝在自作主张，已经很多次了，她总是在骗儿子，说我只是在一个很远的地方旅行，一定会回家。可这有什么用呢？

儿子需要成长，不可避免地要接受他父亲曾是奴隶主这个事实，当然，我并不认为自己的战斗是一种错误，相反，那是骑士精神。

所以，我一直很怀疑瑞丝，她不敢把一个骑士丈夫的牺牲精神传递给一个有着骑士血统的男孩儿，唯一的原因便是害怕失去。其实我也挺想知道，如果贝西知道了真相，他会怎么想，又会怎么做。

母亲

生活于我而言，从某种角度来看，已经失去了意义。维特朗家族最骄傲的地方便是忠诚，忠诚于自己的国家，忠诚于自己的丈夫，可是，迈克林斯走了，伴随而去的还有那一片片翠绿的庄园。我知道他一定在看着我，担心我，但我不能撒手而去，因为贝西正走在生活的刀锋上。

我不想让他知道自己的父亲与一场战争有关，至少现在还不想，成王败寇，战争本身没有对错，如果硬是要追寻原因，那只是一种制度与另一种制度的冲突，骑士虽然倒下了，但骑士精神却永远存在。

贝西一定要像他的父亲，但这个成长的过程却绝对不可以把仇恨当成催化剂，仇视国家、社会，反对人性、制度，这不是真正的骑士精神，真正的勇士应该“让尽可能多的人得到尽可能多的幸福”。

我承认自己骗了孩子，甚至背叛了丈夫，但我并不后悔，因为在夜深人静的每个夜晚，我都能仰望苍穹，问心无愧。

儿子

亲情于我而言，就像一个梦，母亲显然在隐藏着什么，但我却并不觉得她错了，至少，在伙伴们嘲笑我的时候，自卑从未占据我的心灵，理想永驻我的心底。

谁会想到，一个奴隶主的儿子在若干年后会竞选一个自由州的州长，而且，他成功当选。在记者采访我的时候，他们会问，成功的动力源于何处，是母亲关于适应制度的培养，还是父亲骨

子里留下的骑士精神？我知道，在他们眼里，我的家族本身便是最大的矛盾。

然而，我反对一切肤浅的论调，当我得知父亲死于现有制度套下的绞索，当我明白母亲不告诉我真相的真正原因时，我为自己顺利走过刀锋而骄傲，是的，骑士已经成为历史，就像父亲永远地离开我们一样，但骑士精神犹在，正如我要为这个民族奉献终身。我的竞选宣言是：不要让制度扼杀一个民族的精神，只有幸福才是永恒的真谛。

点评：

这是一篇很奇特的文章，三个小节，分别从父亲、母亲、儿子的视角叙述对骑士精神的认识、对家人的感情，可谓别出心裁，别具一格，若同学们能在作文中加以运用，必能出奇制胜。这也在告诉大家，文章贵在突出亮点，而不是单靠华丽语言的堆砌。

精彩导读：

一个失败的索马里海盗，却阴差阳错成了商界巨子，就因为一个小小的商机——五箱格兰仕饼干，彻底改变了他的命运。他是怎么做到的？也许每个渴望成功的人，都想拥有他那份幸运，但仅仅靠幸运，不会轻易成功，一定还有别的什么秘诀，让一个海盗华丽转身。

索马里的奇迹

作者/［加拿大］马丁弗瑞曼

他登上一艘货船，从此便改变了一生。

就连他自己也不敢相信，第一天做海盗便遭遇惨败，一行人被打得落花流水，他亲眼看见“自己人”一个个倒下。为了躲避一个个枪口，他硬是藏在货舱的木桶里整整三天三夜，直到维多利亚港的海风穿透木桶的缝隙，他才惶恐不安地趴在船窗边四处张望。

中国香港的黄昏格外美丽，但他丝毫没有看风景的心情。他是一个海盗，臭名昭著的索马里海盗，此刻落魄，他生怕有人过来盘问，在忙碌的卸货中，他只能偷偷地搬起一个集装箱，趁没人注意便拐到了港湾僻静处。

集装箱里有五箱格兰仕饼干，他迫不及待地抓了一把塞进嘴中，接着便想该如何登上下一艘经过索马里的船。

还好，手里至少还有五箱饼干，当然不能每天吃这些饼干度日，那样恐怕永远都回不了家乡，他必须把这五箱饼干卖掉。格兰仕饼干是英国非常著名的一种小吃，但索马里人不喜欢，所以，他除了把主要目标锁定为在中国香港的英国人之外，还把价格压得比英国本地还低，以解燃眉之急。

从一个海盗变成一个商人，命运似乎很喜欢捉弄人，他在香港出奇地顺利，很快卖掉了五箱饼干，并在第三天顺利地搭上了那艘熟悉的货轮。

那一刻的他当然不再感到恐惧不安，虽然是低等舱，但他同样可以惬意地跑到甲板上，假装不经意地询问格兰仕饼干的价格。那个英国商人告诉他，他们主要做的是酒类贸易，只是因为船只返航时大多空舱，所以才以极为低廉的价格帮人带了十几箱格兰仕而已，算不上什么。

对别人算不上什么，但对他，一个索马里海盗来讲，或许是一条很好的出路。所以，轮船经过索马里时，他突然改变了主意，同样是冒险的营生，自己何不光明正大地干一次？他要去英国做外贸，不做别的，就为了那一箱箱格兰仕饼干。

不到一年，他的名字便在商界传开，因为他所经营的已不仅仅是格兰仕饼干，还有欧洲各国的各种特色美食，销售地不仅仅是香港，还有上海、北京、纽约各地，只要有欧洲人的地方，就有他提供的欧洲人喜欢吃的家乡美食。

他提供的美食比美食本土的价格更低，就因为他曾踏上那艘货轮，在那里，他发现每当货轮返航时，船舱顺带运送的货物价格极其便宜，而他占的就是这个便宜。

当来自全世界的著名记者采访他，问及他的出身时，他毫不

避讳地说：“我曾是一名索马里海盗，但我现在是一名商人。”所以，记者在描述他的成功时也不禁反问当局，何不把对索马里海盗的打击变成引导，只要有路可走，谁会愿意干那不要命的行当？但愿每一个索马里海盗都能有同样的幸运。

点评：

从海盗到商界精英，地位形同霄壤，同学们可以从中读到命运和幸运；货轮返航时，顺带运送的货物极其便宜，但抓住这个商机的人太少，所以那个海盗成功转型了，同学们可以从中读到头脑和机遇；记者采访他时，他毫不避讳自己曾是一名海盗的事实，同学们可以读出坦诚和勇敢；“索马里的奇迹”产生的启发意义还有变打击为引导，同学们可以读出做事要变通……

第三章
成长漂流瓶

精彩导读：

二战后，战败的德国一片疮痍，急需重建和复兴。一位曾经的将军，被委任为柏林一所新校的校长。有一天晚上，他看到一个奇怪的现象：有学生三三两两地在广场上的中心水池旁徘徊。但调查的结果是学生并非在谈恋爱，而是在用矢车菊祭奠战争中失去生命的战士。

水中的矢车菊

作者/［德］帕彭·弗郎茨

夜很静，月光如水般照在青色地板上，坎德夫睡不着，拄着一根拐杖，慢慢地在外头徘徊。

这是一座新建的校园，有点儿简陋，但坎德夫却觉得特别满足，作为这所学校的校长，他在想，自己的余生将不再身处战场，他要成为一名教育家，让战后的柏林得以重建和复兴。

走到校园的中心广场时，坎德夫意外地发现，那里有人，一个影子站在水池边，莫非要轻生吗？坎德夫一下子紧张起来。事实上，在过去一段时间里，因为父母在战场上牺牲，许多孤儿选择了离开这个世界，政府一直在呼吁，学校要抓紧重建，做好教育工作。

坎德夫悄悄躲到一座雕塑后面，睁大眼睛往中心水池看，那是一个女孩儿，她双手做了个祈祷的动作，好像在许什么愿望，坎德夫一颗心放了下来。

可是，正当坎德夫准备离开的时候，广场上再次出现一个人影，一个男孩儿。他跑到那个女孩儿身边，绕着水池转了一圈，又坐了一会儿，显得很亲密的样子，许久才离去。

那天晚上，坎德夫一直躲在雕塑后面，他看见，中心水池旁几乎没安静过，不一会儿便会有学生或一两个，或三五个跑到旁边，可能是谈恋爱，也有可能是战争留下的某种心理问题，坎德夫决定认真肃查一次，坚决将不良作风扼杀在萌芽状态，这也是他曾经作为一名将军，管理一支部队的风格。

第二天早晨，坎德夫装作若无其事的样子，走到学校中心的水池旁。果然，他看见水池里漂满了矢车菊的花瓣，他们果然是在这里为爱情祈祷，还送花。在国家如此艰难的时期，这些青年学生竟然还把心思放在谈情说爱上，坎德夫觉得很气愤。

当天下午，坎德夫立刻召开校理事会，要求各级负责人立刻采取行动，杜绝学生谈情说爱，美好的青春年华应该放在学习上，放在振兴国家上。

但是，当各级负责人将调查结果上报理事会后，坎德夫不禁感到惭愧，因为所有的调查结果都不是他想象中的那样，学生们前往中心水池，并不是谈情说爱，而是去祭奠在战争中失去生命的战士。

矢车菊是柏林的市花，也是德意志的国花，它不仅象征忠贞，更象征忠诚与热爱。坎德夫觉得自己的血液瞬间沸腾起来，自己竟然忘了，就在这所学校，曾经发生过激烈的战斗，当地的家庭对此都刻骨铭心，难怪学生们会纷纷祭奠祈祷。

可是，坎德夫坐在董事的位置，对所有人说道："我们必须认清过去的那场战争的本质，我们整个国家都应该审视自身，我

们更需要通过教育告诉所有青年学生，那是一场什么样的战争，而不应该只是祭奠和盲目崇拜，那样会让灾难再次降临。”

“可是，坎德夫先生，”一位女老师站起来说道，“据我所知，中心水池下埋葬的并非德国的士兵，而是法国人和英国人，我想，孩子们是出于一片好心，我支持他们。”

坎德夫没有再说一句话，关于那场战争，关于对战争的认识，关于德国未来的走向，他充满信心，他决定举行一次隆重的仪式，让全校所有师生在中心广场集合，向逝去的英魂献上一束矢车菊。

点评：

德国是西方教育的典范，他们敢于正视历史，反思历史。从这篇文章中，同学们可以挖掘出很多话题：敢于正视和反思，是一种自信；德国教育的成功之处；年青一代的责任感和使命感；博爱的人道主义；为失败买单等。

精彩导读：

“所有荣耀都需要自己去争取”，这是黑人学生泰迪用一双价值不菲的球鞋换来的人生哲理。泰迪是个贫穷但自尊的学生，很有打篮球的天赋，却差点儿因为一双专业球鞋而与梦想失之交臂，也差点儿因为一双球鞋，失去一个最好的朋友。

同学少年都不贱

作者/［美］塞林格·罗纳

泰迪来自阿拉斯加州，一进校园，便成了风云人物。

因为在路过篮球场的时候，一个篮球恰好飞了过来，他左手一举，球便在他的拇指上飞快地旋转，然后他一个转身，球神奇地传到右手，一条抛物线划过球场，几乎有一个篮球场的距离，球进了，超远三分命中。

但也有人认为，他之所以瞬间成为明星，并非因为那个三分，而更多归因于他是个黑人，在白人同学集中的这所学校特别显眼。

关于泰迪，风光只是短暂的，他的笑几乎在一个星期后便消失了，有人给他带来了天大的麻烦。这得从一场篮球赛开始说起。

学校新生篮球赛是“例牌菜”，而泰迪因为有着绝对优势的体格，再加上进校的那记超远三分，顺理成章地被校队选中，要打校际的全明星赛。

这是千载难逢的好机会，但是，泰迪犹豫了，因为他没有一双好的球鞋，比赛用的那种球鞋，很贵，一千多美元一双。所有人都知道，全明星赛上的角儿，都是会耍酷的那种，连球鞋都没有怎么上场？

后来，泰迪找了一位同学，对方刚好买了一双新球鞋。他说：“就一场比赛，打完就还你。”这位同学便爽快地答应了。

如果知道后面发生的事情，泰迪是肯定宁愿不打球也不借这双鞋的，因为那天晚上，比赛结束后，他和队友一起出去吃喝玩乐，后来不知怎么搞的，白色的球鞋被划破了好大一条口子。

同学不乐意了，让泰迪必须赔钱。泰迪当然拿不出这笔钱，为了不让自己太难堪，泰迪保证，以后一定还上这笔钱。

“以后，以后要等到什么时候？”这位同学一点儿都不客气，要求泰迪去他家里的饭店打工，以工钱作为赔偿。泰迪咬了咬牙，答应了，心中想着，等还了这笔钱，便与这个人绝交，没见过这么小气的人。

泰迪整整做了两个月，在这两个月中，那位同学还多次前来饭店，指指点点，要求泰迪认真点儿，还挖苦他，好的球鞋不是每个人都能穿的，做任何事情都必须付出代价。

泰迪默不作声，两个月的时间里，他坚持把工作做好，以免给对方留下任何借口，只要做完这些事情，他便可以重新恢复自由，然后，找个机会给这种无耻的同学一点儿教训，让他明白自己不是好欺负的。

两个月的时间很快，最后一天，那位同学跑到泰迪面前，一脸微笑地问："感觉这段时间累吧？回去好好休息。"泰迪鄙视地看了一眼对方，拿起自己的行李便离开了，他再也不想出现在这个地方，他要去打球。

这件事之后，泰迪一直在找机会，他要狠狠地报复这位同

学，让谁都不敢再瞧不起自己。可惜，自从那天见面之后，那位同学就像从学校消失了一样，再也没有出现。

难道他知道泰迪要报复吗？当然不是，不过，那位同学倒是的确离开了这所学校，听说去了德国。而且，泰迪怎么也没想到，对方会给自己留下一封信，而信中的内容，再次颠覆了泰迪的想法。

他说："非常抱歉，为了一双球鞋伤害了我们之间的感情，但在这所学校，我不希望你因为虚荣而悔恨，一双球鞋并不能代表什么，我只是想让你知道所有荣耀都需要自己去争取。这些话也是我母亲曾经给我的警告，对了，她也是个黑人。"

那一刻，泰迪感觉自己的血液在翻滚，觉得肩膀上有千斤重担，但自己必须勇敢前行。

点评：

从作文角度，平等、自尊、责任等都是很好的话题。同学们也许还能从中读到朋友的另一种意义，真正的朋友，并不是那个总是与你保持一致的人，他有时与你患难与共，有时却要给你泼点儿冷水。总是觉得伤不起的朋友之间，不是真的友谊。

精彩导读：

“做自己喜欢的事，不要等到老了追悔莫及。”这是一位外国父亲从儿子身上学到的道理。外国父子之间，更像朋友，更多尊重和理解，也更融洽。文中的父亲对儿子的放手，并不是放纵，父亲全力支持儿子的梦想，他给儿子的是指点，而不是指指点点。

像小子一样活着

作者/［美］马歇尔·普斯特

有这么一个人，我是看着他长大的。我总是叫他小子，“嘿，小子干吗呢？”他便呵呵一笑，告诉我在修汽车，那是在他十一岁的时候，所有人都知道，他是个捣蛋鬼，但我并没有拆穿他，那汽车是他父亲的宝贝，他把车子拆成了一堆废铁。

小子声称，他想成为一名汽车专家，让全世界所有开车的人都爱开他制造的汽车。我鼓励他：“好小子，加油干！”事实上，在后来不短的时间里，他的确在汽车上花了很多功夫，而且，在全美少年模型制作大赛中，小子的汽车还入围决赛了。

可惜，小子后来不喜欢汽车了。上了中学后，有一天，他背着一把吉他，极其陶醉地告诉我，自己终于找到了灵魂的归宿，然后用食指在吉他上轻轻一弹，闭上眼睛，直到琴弦的尾声彻底消失，他才对我说："知道吗？我的梦想是成为一名吉他手，毕业后，我会带着它走遍全世界。"

事实上，还没等到毕业，小子的灵魂又有了别的归宿，比如中国的山水画、盛极一时的机械舞，小子都无比投入地学习过，而且每每等到学得像那么回事了，我们认为可能真的会成为某方面的大家时，小子却总会放弃，没有任何理由，小子有自己的梦想、自己的选择。

在青春的岁月里，关于小子的种种，我总是以一种"他还年轻"的态度去看待，就让他去尝试吧，总会找到真正属于他的世界。可惜，等到高中、大学，甚至毕业后许多年，每次看到小子，他依然是那样玩世不恭，心性不定。

小子做过许多事，每一件都很认真，很投入，但从未有一件最终成为小子终生的伴侣。有时候，我会以长者的身份告诫他，老大不小了，要好好考虑一下未来的生活。而小子却总是轻描淡写，告诉我他正追求的东西，让我一定要支持他。

我是一直支持小子的，所以有点儿后悔，看到与小子同龄的人几乎都成家立业，而小子却还在外漂泊不定，倒不是没有女孩儿喜欢他，只是那些女孩子总是在发现小子不断调换目标时离去，是的，太没安全感了。

在许多年前，我一度因为小子各方面的优秀，各种努力的追求而自豪，小子也曾是身边人的偶像，可惜，随着岁月的流逝，他逐渐成为一个常人无法理解的人，甚至连最亲的亲人也无法接受他的永无休止的变化。

我想了很久，想了很多道理，决定在小子生日那天，告诉他，不要再这样生活，我们需要一个稳定可靠的小子。然而，我竟然没有等到那天。

小子走了，意外的车祸带走了他，据说，他是为参加一场非洲鼓演奏讲座而出的车祸，深红的血泊里，一面非洲鼓就躺在他

身边。小子的母亲将一沓日记交给我，说留个念想吧，小子曾说过，只有你了解他。

我了解小子吗？我一页页翻阅着小子的笔记，里面记录着他成长的点点滴滴，但几乎每一页都写有同样一句话，做自己喜欢的事，不要等到老了才追悔莫及。小子做到了，我哀叹一声：“小子，你这一生没有遗憾，父亲要向你学习。”

点评：

本文在写法上很独特，直到结尾，我们才知道“我”和“小子”是一对父子，大量的铺垫之后，水到渠成，豁然开朗。若用为素材，则可从“选择”“梦想”“理解”“青春”“成长”等角度入手。

精彩导读：

凡妮莎是个很普通的女孩儿，但也想在成人礼晚会上得到更多关注。不过她买不起真正的名牌晚礼服，只好“花重金”买了一套仿制品，却跟一个贵族女孩儿撞衫了。舞会休息过后，对方错穿了凡妮莎的“名牌”，却同样制造了惊艳。虽然在成人礼上，凡妮莎没能让这个世界惊艳，但离开晚会的时候，她却获得了自信。

成人礼上的惊艳

作者/［意大利］尼奇米娜

一个女孩儿最陶醉的时刻，便是给身边的人一场惊艳之时，不管那些人是男人还是女人，就像在这场成人礼晚会上，女孩儿们无不温婉风情，男人们无不尽显优雅，这样的晚会是创造机会的时间。

但机会并不是平等的，贵族出身的女孩儿们并不一定长得多么好看，但一身身定制的华丽服装却可以完全将优点凸显出来，而更多普通家庭的，女孩儿们则总缺了点儿什么，即便很美丽、很风情，也不会让更多的人驻足停留。

为了这场舞会，凡妮莎想过很多，过了这个夜晚，自己便会成为一个不一样的女孩儿，而这种不一样，她希望有更多的内涵，出席晚会的有巴黎各界的名流，至少她希望有些眼光能落在自己身上，不为别的，只为明天能够活得更自信些。

凡妮莎选择的晚礼服是加蒂诺尼，不过真正的加蒂诺尼太贵了，她买不起，所以，她穿的是仿制品，即便是仿制品，也并不便宜。

“你觉得好看吗？”凡妮莎摆了一下腰，身边的同学瞅了一眼，似乎并不关心，“不贵吧？”“是的”，他们并没有等凡妮莎回答，便已走到另一边，一个贵族出身的女孩儿身边。问题是，那个女孩穿的服装和凡妮莎的一模一样，不过，没有任何人怀疑她的穿着，更没有人想起，刚刚还在凡妮莎身上看到同样的服装。

他们自然地认为，凡妮莎的晚礼服不那么好看，因为它一定不是专门设计的名牌，而贵族女孩儿身上的服装，他们不需要了解是什么牌子，也知道其一定价值不菲，创造惊艳的女孩儿不是凡妮莎，而是优雅的贵族女孩儿。他们的判断没有错，尽管他们并没有多看一眼。

但是，这并不影响凡妮莎的心情，因为她已早早地做好心理准备，今天是成人的时刻，她需要理智和宽容。所以，当音乐响起，她欢快地融进舞池，与朋友、同学，还有那些被邀请过来的名流绅士共舞。

只有凡妮莎看到，在他们休息的时候，因为舞曲的热烈，大家都脱下了晚礼服，放在身边的衣架上，但当他们再次穿上衣服时，那位贵族女孩儿拿走了凡妮莎的晚礼服，留下了真正的加蒂诺尼在那里。凡妮莎大声喊了一声，但在音乐声中，对方没有听到，再次融入了人群。

凡妮莎轻轻穿上那套真正的加蒂诺尼，非常合身，她故意走近那群绅士和美女身边，“好看吗？”她摆了一下腰。“挺好看的。”但他们只是应付，并没有觉得惊艳。而就在这个时候，贵族女孩儿也来到了身边，他们终于发现，“天哪，你们穿着一样的衣服。”

“是半年前定制的加蒂诺尼，意大利最有名的设计师做的。”女孩儿骄傲地说。凡妮莎觉得很尴尬，匆忙解释：“我的是仿制品，不太贵。”大家便都很绅士地笑起来，很明显，凡妮莎的是仿制品，真正定制的加蒂诺尼是完全不一样的感觉，他们显出看穿了一切的样子。

凡妮莎悄悄告诉女孩儿，她们穿错了晚礼服，然后悄悄地换了过来，离开晚会的时候，凡妮莎显得特别自信，她希望在成人的时刻，能够让这个世界惊艳，虽然她并没有做到，却觉得特别庆幸，因为那一刻，她明白了成长的道路上，什么才是真正的惊艳。

点评：

其实从教育的角度，贵族化恰恰是应该淡化的，否则，培养出来的也不是贵族，而是土豪。作文话题可以考虑自信、平等、虚荣、宽容等。

精彩导读：

也许，每个人心里都曾藏了一个唐伯虎，他富有诗意，浪漫不羁，喜欢自由的空气，他是你最好的朋友。但现实太过骨感，迫使你做出改变，他也就慢慢疏离。有的人一生都不再找他的唐伯虎，有的人想找却已经找不到，只有极少数人，始终保留了唐伯虎的样子。

寻找唐伯虎

作者/佚　名

我有位很好的朋友，他会写诗、填词，还会在女生面前放浪不羁地调侃，我记得很多女生对他印象不好，可他对我说，他活得很快乐。这种快乐深深地影响了我很多年，直到现在，我还会常常想他，可不知何时，他竟突然销声匿迹，书架上的唐诗宋词也蒙上了好厚一层灰。

我决定去找他，从他曾读过的诗开始："桃花坞里桃花庵，桃花庵下桃花仙。桃花仙人种桃树，又摘桃花换酒钱。"我知道，唐伯虎曾经什么都不在乎，可又什么都在乎，他会把自己写的诗送给心爱的女孩儿，并且当众说出他的爱，可是，他的话听起来是那么轻佻，那么随意，完全与爱情的神圣站在对立面，再加上不修边幅，一副吊儿郎当的样子，结局往往是女孩儿急匆匆地逃离。

唐伯虎说，她们不了解他。这一点我同意，如今的女孩儿喜欢骑在白马上的尤物，尽管这个尤物是个假王子，肚子里可能全是垃圾；她们总喜欢甜言蜜语，喜欢虚伪的呵护与关心，却不懂得一份简单的直白是多么真诚。

我很同情唐伯虎，所以我常陪他喝酒，我们边喝边谈，然后便是哀叹，到底谁才是爱情面前的傻瓜。

或许，唐伯虎说，这个时代不需要追求诗的男人，年少多金才是生活的真谛。我点头，两只杯子便碰在一起。“酒醒只在花前坐，酒醉还来花下眠。半醉半醒日复日，花落花开年复年。”唐伯虎的诗总会让我有种伤心欲绝的冲动，尤其是在酒精的作用下，常常分不清自己是谁，唐伯虎又是谁。

在同学的眼里，唐伯虎除了自称唐伯虎，其他一无是处，他会和很多女生闹在一起，却没有一个是属于他的唯一，每当七夕来临，他便显得特别孤寂，尽管身边不断演绎着群体的狂欢。不过他也会加入，像疯子一样四处游离，四处高唱：“别人笑我太疯癫，我笑他人看不穿；不见五陵豪杰墓，无花无酒锄作田。”这些被同学称作打油诗的诗，只有他自己懂。

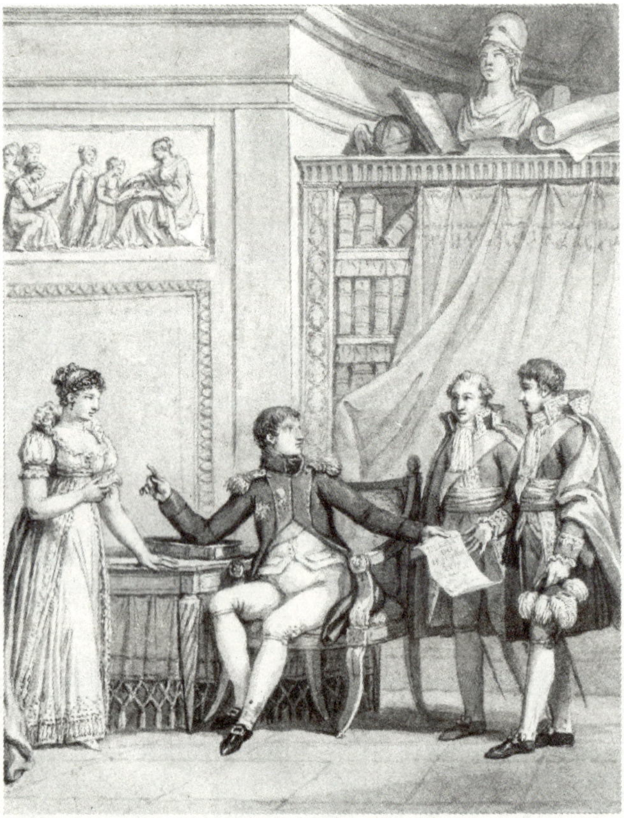

大四那年，是焦虑的一年，我不想离开学校，也害怕尘世的硝烟，所以只能孤注一掷地考研，没了退路的我放弃了太多东西，唐伯虎大概就是在那时渐渐离我远去。如今我要找回他，只是因为，唐伯虎带来的快乐没有任何人可以替代。

“桃花净尽杏花空，开落年年约略同；自是节临三月暮，何须人恨五更风？”我读遍了唐伯虎的诗，填遍了唐伯虎的词，却始终找不回那种感觉，唐伯虎到底在哪里，世界抛弃了他？生活埋没了他？我有万般想法，却感力不从心。

有时候，我甚至会怀疑唐伯虎到底存不存在，他或许只是一个影子，又或许只是一个符号。可我为什么要拼了命地去找他？我只能不断问自己，十数年寒窗，终点又在何处？那些成绩、爱情，还有导出的一出出舞台剧，到底是演员随心还是上天注定？想到这里，我便累了，迷糊中，我看到一面巨大的镜子，上面书写了一行行诗词，诗词里面隐隐约约地有个影子，似唐伯虎般模样。

点评：

同学们在读到这样一篇文章时，可能有点儿懵懂：唐伯虎和我什么关系？我为什么要寻找他？也许我和唐伯虎根本就是一个人！他是另一个被挤走的自己，因为结尾时，在镜子里，他只能看到自己。

精彩导读：

青春年少时没有表白的爱，就像文中那份消失的洗衣粉的清香，淡淡的、朦胧的，若有若无，让人心旷神怡，但经历了硝烟弥漫的空降兵生涯，再次遇到多年前的她，即便离得再近，也不会闻到那熟悉的清香了。那种清纯的青春味道，离开那段青葱岁月之后，谁也不知它能坚持多久。

寻找一个消失的牌子

作者/［美］尤阿西姆勒夫

我一直在寻找一个牌子，一种洗衣粉的牌子。

它具体叫什么，我也说不出个所以然，但我知道，用它洗过的衣服，会散发出别样的清香。我试遍了市场上所有的新旧品牌，色彩缤纷、方圆长短应有尽有，有浓烈刺激型，也有清香易溶型，甚至不乏清新淡雅型，现代市场讲究的就是多样化、人性化，可是，它们都不是我要寻找的那种。

我要寻找的牌子，虽然我不知道它叫什么，但我肯定，西贝尔一定记得，因为四年前，就是因为那种清香，我们在拉斯维基图书馆相遇、相识，并成了最好的朋友。

那时候，我常对西贝尔说，喜欢她靠近的感觉，那种清香是淡淡的、朦胧的，若有若无，让人心旷神怡。这个时候，西贝尔便会笑，一边笑一边放下手里的书，然后轻轻地嗅自己的衣袖，说："你知道我用什么洗衣粉吗？不告诉你。"

西贝尔总是那么调皮，让人有种抓不住的感觉，但这种感觉却无限美好，其中透着一种说不出的纯粹，就像她身上散发出的清香、简单，却让我久久不能忘怀。我一直在等，等着有一天，能够在她面前说出自己的心里话。

如果不是那年我被征为一名空降士兵，我想，如今的她，一定是我的女朋友。可惜，到最后，竟连一声道别都来不及说，她便随着父母去了远方的西班牙求学，跟着消失的，还有那种淡淡的清香。而我，在战火弥漫的日子里寻找自己的人生。

没有西贝尔的日子，说实话，没什么不同，我也没太多时间去刻意思念什么，况且战争中有太多要命的东西更需要关注，比如说，大家都关注战报，关注远方寄来的激励物资，我也不例外。但他们看重的是物质的享受，甚至女人，还有财富，而我，我只在乎每一样东西散发出的味道，是不是那种淡淡的清香，很可惜，战场上的一切似乎都已被烧焦的味道掩盖。清纯、干净、透明，似乎离我们越来越遥远。

但我并未放弃，两年来，心里始终相信，会有一天，那种清香将突然出现，于万千名贵香水味中脱颖而出，钻进我的鼻子，占据我的心灵。

可以说，我在寻找，又或许在等待，但绝不是放弃。如今，那个消失的牌子，已不仅仅是一个牌子的分量。

即将回国的最后几天，曾经的同学给我带来了好消息，为纪念大家离开故土踏上男人的征途，暑假将举行校友会，西贝尔也会参加，我当然不能错过。

那个炎热的夜，在礼堂，我走过去时，西贝尔正拿起一杯啤酒，看见我，她笑了，依旧那么灿烂，可是，即便那么近，却没

散发出那种熟悉的清香。我不甘心，还想和她聊聊，聊聊她的这些年，聊聊那种洗衣粉的牌子，然而，她的低领上衣、她的短裙吸引了太多男生，我变得那么多余。

那种洗衣粉的牌子到底叫什么，我依旧不知道，或许它早就被市场淘汰，又或许它根本就不存在，但记忆里那种淡淡的清香，在某个时刻依旧会突然出现，隐隐约约、断断续续，扯得心疼、拉得心碎，离开那段青葱岁月之后，也不知它还能坚持多久。

点评：

文章将现实和想象完美融合，“残酷”的结尾又扯得心疼。同学们在读到这样的文章时，很容易产生共鸣，会想到“青春”“珍惜”等话题。

精彩导读：

比特的哥哥在一次北上猎渔时，掉进冰窟窿，比特因没办法救他而愧疚不已。作为补偿，每次胆小的侄子戴卫在夜里喊他，他都会来陪侄子聊天，顺便看看寡嫂，生活上也对他们百般照顾。渐渐地，他与寡嫂日久生情，却不敢让戴卫知道。比特不知道，真正胆小的男人，不是戴卫，而是他自己。

胆小的男人

作者/［美］可迪亚克

费尔班克斯的夜特别寒冷，戴卫在貂皮被里翻了个身，悄悄爬起来，对着不远处的灯火大声喊："比特叔叔，你快过来，我害怕！"

远处的门撕开一条缝，灯光落在雪地上，显得特别宁静，一个高大的身影大跨步走来，在身后留下一道孤寂的脚印。

"戴卫，别害怕，叔叔来了。"然后，戴卫便会高兴地打开壁炉，同他兴致盎然地聊一会儿。有人陪着的夜晚，总会温暖许多。

临离开的时候，戴卫强调："以后我害怕了你一定要来，叔叔，我需要你。"然后比特便会轻轻抚摸戴卫的头，说："男人怎么可以这么胆小？”但犹豫了一下，还是点了点头说：“半夜三更的不要大声嚷嚷，这样，你就学两声狗叫，我听到后自然会过来。”

然后，比特便走了，但戴卫从门缝里看见，他的叔叔稍稍转了个弯，朝隔壁的窗口看了一眼，才径直回去。

隔壁住着戴卫的母亲，一个勤劳朴素的女人，可惜，在一次北上猎渔中，她的丈夫再也没有回来，一同出行的比特告诉她，大哥不小心掉进了冰窟窿，水流太急，自己实在没办法救他。

大概是这个原因，比特一直很内疚，很多时候都不愿意看到嫂子，当然，他是打心底关心戴卫的，这小子虽然胆小，却异常乐观。

后来的许多日子，在飞雪飘扬的夜里，总会不时地响起两声犬吠，然后便会有一个高大的身影走过那片十余米宽的雪地，带来阵阵欢笑。有时候，戴卫的母亲也会跑过来，尽管嘴上批评戴卫不懂事，但从她的眼神中，还是可以看见一丝感激和幸福。毕竟，丈夫走后，这个家全靠比特在支撑。

“柴门闻犬吠，风雪夜归人。”这种唯美的情景延续了一日又一日，直到春天逝去，仲夏来临，比特似乎已经习惯，而戴卫依旧胆小，只不过，比特并不想让戴卫知道，当他离开后，并没有马上回到自己的房间，而是坐在比特的母亲身边，静静地感受一个家庭的温暖。

“我得感谢戴卫的胆小，如果不是因为他的叫声，这辈子我都不能和你在一起。”比特轻轻地说。

然后，女人在比特的脸颊上亲吻一下，说：“你是得感谢戴卫，不过他的胆子可是大得很，真正胆小的人是你。”

点评：

“远处的门撕开一条缝，灯光落在雪地上，显得特别宁静”，这样形象的语言若出现在同学们的作文中，必会大大地加分。本文构思精巧，结尾更是出人意料，所以，同学们在写记叙文时，要想脱颖而出，就要运用一点儿技巧，比如倒叙等，就能起到很好的效果。

精彩导读：

一个在学校总是调皮捣蛋的学生，自以为是个混混，却在某一天遇到了几个真正的混混，他以为找到了“组织”，却不仅被扇了耳光，还被逼着拿出钱包来。他该何去何从呢？他又该如何面对喜欢的女孩儿的目光呢？那一刻，他第一次觉得自己特别孤独。那一刻，他才觉得，自己的江湖，真的是个迷你江湖。

迷你江湖

作者/［美］史蒂夫·古迪亚

我应该是个混混。

凯伦校长曾亲自找我谈话：“为什么一定要那样特立独行呢？要知道，这是全美闻名的基督教学堂，美国历史上曾经有一位总统、一百多位议员是从这里走出去的，草木可以做证。”

从凯伦校长的办公室出来后，我飞起一脚，将路边的一枝花拦腰踹断，然后，我听到楼上传来关窗户的声音，估计是被发现了。

可能我真有点儿与其他同学不一样，但是，我这种不一样绝对不是一种病，更没有违反什么伦理道德，我再正常不过了。只是因为其他人都那么被桎梏着，所以才显得我像个混混，一个小混混。

那天我第一次觉得自己做混混挺好，是因为黛丽丝不经意的回眸，她刚从休斯敦搬过来，被安排在我们班，她回头的时候，我正在玩弄一把小刀，一晃一晃的，她似乎很着迷的样子。

可惜，后来证明我是错误的，几乎没有任何过渡的时间，黛丽丝便成了反对我的一派。她说："别跟着我，我不喜欢一个十足的小混混。"

可能她只是喜欢刀吧，又或者，她那天只是被吓呆了，总之，她后来的一系列表现是讨厌我、拒绝我，我在她面前就像一只苍蝇。

可是，有些事我也无法控制，就像对黛丽丝，无论她怎么冷嘲热讽，抑或完全不理我，但我的心却像被她黏住一样，拼命想引起她的注意，比如在上课时发出点儿特别的声音，故意迟到，或者直接揍那些伪君子。

比如说，我曾狠狠揍过一次坎伦，我也不知道为什么，他是黛丽丝的同桌，但并没有跟黛丽丝多说几句话，可我就是觉得他虚伪，而且这种感觉越来越强烈，终于，我还是揍了他，将他打倒在地，还一脚踩碎了他的眼镜。

我真的成了一个混混，一个孤独的混混。

有一天，我发现几个和我长得很像的人，他们虽然手里没有拿刀，但从满脸的横肉可以看出来，他们是混混，我想，我找到“组织”了。

他们大摇大摆走过来的时候，我站在路中间，并没有让开，都是自己人，何必让路呢？我甚至挤出了一丝久违的笑，第一次接触，总得留个好点儿的印象吧。但是，对方完全把我的好心当成了驴肝肺，他们竟然打我。

清脆的耳光扫过来，火辣辣的。我听到那个刀疤男恶狠狠地说：“拿出来！”我有点儿不受控制，双手在身上胡乱地摸索，钱包里应该还有钱，必须给他们，必须。我的心里有一种声音在命令我。

但是，我的余光看到了一个人，黛丽丝，她竟然出现在不远处，而且，她静静地站在那里，看着这边发生的一切。她一定在鄙视我，一个小混混被混混征服了。

所以，我的手摸出来的不是钱包，而是那把闪闪发光的小刀，我一边流着忍不住的眼泪，一边举起小刀，在自己手臂上划下去，鲜血瞬间涌了出来，“再来一刀，好看吗？还要钱包吗？竟然敢打我。”

“疯子！”他们咒骂道，然后扬长而去，只留下我一个人站在那里，我用余光扫了一下远处，黛丽丝也不知什么时候已经消失了。突然，我觉得自己特别孤独。

点评：

老师眼里的差生、同学眼里的差生、差生眼里的差生，因为立场不同，恐怕结论也大相径庭。本文用一个所谓差生的独特视角，去看周围的人和事，让我们突然走进一个差生的内心世界，去感受那份不羁和孤独，的确是不同凡响的写作手法。其实，每个人都有一个迷你江湖，都不可能千人一面，都可以写得不同凡响，需要的只是一份敏感。

精彩导读：

“他拿到那封信后，一定会疯了一样将我打瘫”，这种担心不无道理，但父亲读过之后，“并没像以往那样将我带到废弃工厂旁边、小巷子里面或者公厕后面，他竟然把我带到一家麦当劳，并发誓做个好父亲。”这是一封什么样的信呢？

比信更重要的是信封

作者/［美］路易·威登

我敢打赌，这个世界之所以会有信这个东西，是因为人类对爱的追求。在萨蒂亚教堂做弥撒的时候，我更坚信这一点，因为我决定写一封情书，给我身边的那个女孩儿。

因为一见钟情，所以要写一封信，即便我还不知道那个女孩儿的名字。但是，当晚回到宿舍，我便借着窗外微弱的灯光，在教堂的钟声敲到第十二声时，完成了我的处女作。

信的内容看起来可能很简单，却包含了我的真爱，我说：“很庆幸，我来到这个世界，并和你生活在一起，尽管我们同处一片天空下，可惜你不认识我，我也不了解你。但我知道，我爱你。我对你的爱，是无所顾忌的爱，不管在过去、现在还是将来，你对我是何种态度，都没关系，当这封信寄出去，已证明我的誓言和态度。”

最后，我还极其动情地加了一句：“如果你愿意，我希望这个周末能看到你，和你在一起，不管做什么，都是一种幸福。”

信写好了，我兴奋地在床上翻来覆去，想着女孩儿看到情书的样子，那该是多么美妙的时刻。然而，我的情书还没来得及发出去，便已挫败。

当我第二天醒来的时候，负责宿舍检查的伊娃女士已经站在我的窗前，手里拿着我的杰作，极其愤怒地吼道：“马上到我的办公室来！”

我所在的学校是一所天主教学校，学校规定，所有学生不得自由恋爱，而我的那封情书，对于那群修女来说，简直就是侮辱，“昨晚刚刚做了弥撒，今天一大早便出炉了这么一封赤裸裸的情书，你怎么解释？”

我没办法解释，只是在想，从今往后，我是否还有机会见到自己心仪的那个女孩儿，他们一定会用各种办法让我的爱情死亡，甚至会有更卑劣的行径。

我猜得没错，那个最老的修女，她竟然拿着一个学校的信封，工工整整地写下我的家庭地址，“梅根·福克斯先生收”。

然后将我的信塞了进去。他们要把我的信寄给我的父亲，简直就是无耻。

但是，我又有什么办法呢？我只能在紧张与无助中等待着噩耗，要知道，我的父亲是一个出了名的家庭暴力狂，还因为吸毒在监狱里待了三年，他拿到那封信后，一定会疯了一样将我打瘫。可是，我又不能逃，而且我也没地方可逃。

那几天，我觉得每一分每一秒都是一种煎熬，所有对那个女孩儿的爱都烟消云散，我的爱是脆弱的。直到周末那天早晨，我才彻底解脱。

父亲直接推开宿舍的门，拉着我便往外走，很急的样子。我知道，他肯定在忍着，他要把我带到一个僻静的地方再狠狠地揍我，但我并没有反抗。

不过，意外的是，父亲并没像以往那样将我带到废弃工厂旁边、小巷子里面或者公厕后面，他竟然把我带到一家麦当劳，然后坐在我面前，握住我的手说："儿子，谢谢你，你能够原谅爸爸，让爸爸无地自容，从今以后，我再也不会打你，更不会去贩毒，我要重新做一个好父亲。"

父亲肯定是读了我的那封情书，他竟然真以为是我写给他的信，还被我的情书深深打动。可是，我又怎么解释呢？我只能拿着汉堡，一个劲地点头，然后目送父亲离开。

在后来的日子里，父亲的确变了，他靠着自己的双手，创立了自己的建筑公司，而那封我写的情书，他一直藏在身上，作为奋斗的座右铭。我也再没想过要解释当初的种种缘由，更不会去要回那封信，即便要，父亲也不愿意。

我只想感谢那位修女教师，是她成全了这段真爱，还要感谢那个女孩儿，没有她的存在，一切的爱便只是空谈。

点评：

这篇文章所写的虽然是个美丽的误会，却也说明坦诚而直接的沟通，也许比含蓄和深沉来得好。同学们的作文中，也会涉及亲情的题材，但往往流于苍白和肤浅，缺乏这种戏剧性和打动人的力量。

第四章
心跳大剧场

精彩导读：

妻子想找一种办法，既能杀了丈夫，又能置身事外。于是，她约了一个巫婆见面。巫婆高价卖给她一条神奇的领带，说领带会在半个小时内突然收缩，直到对方窒息而死，但很快就能恢复正常。事后，谁也不会想到一条领带干了些什么。刚送走了巫婆，她就陷入喜悦的狂想，却突然感到刚戴上半个小时的白金项链越来越紧。那是丈夫送给她的。

来自地狱的礼物

作者/［荷兰］杰西卡·阿尔巴

她默默地站在镜子前，看着放在梳妆台上的那条项链，想是否把它戴上。她没想到丈夫会在这个时候送她一条白金项链，两个人都知道，双方婚姻已经岌岌可危，各有情人也是心照不宣的事。但她知道，这种状态并没什么可大惊小怪的，现代整个都市爱情其实已被情爱取代。

为了解除痛苦，拯救爱情，或者说拯救情爱，她待会儿要接待一个老女人，据说是个能洞悉一切的巫婆。

似乎听到敲门声，她犹豫了一下，终于把项链绕在脖子上，她看到镜子里面的自己依然青春不减当年，那条亮光闪闪的项链与她白皙的皮肤相配，更显出一种别样的韵味。

她满意地微笑一下，便跑去开门，是那个女人，果然古怪异常，苍白的脸上一双蓝色的眼睛透射出可怕的光芒，她邀请女人进屋，但对方拒绝了。

女人只是冷冷地说：“我不想耽误太多时间，我也知道你待会儿还要去约会，所以我只想简单地说几条建议，我相信你不会失望的。”

她认真打量了一下这个女人，她怎么知道待会儿自己和情人有个约会？难道这个传说中的巫婆真能看透一切？难道她真能拯救所有破裂的婚姻？

女人并不在乎她迷惑的目光，依旧默默地站在门口，没有丝毫表情。

她讨厌别人了解她的隐私，所以她否认，说没什么约会。

但女人却冷笑一下说：“你没必要在我面前隐瞒什么，你的眼睛已经告诉我你的一切，你要去见的一定是你的情人，我也知道，这些年来你和你的丈夫关系日益恶劣。当你面对你的丈夫时，你却只想着躺在情人怀里的狂热激情，但是，你对自己又有种恐惧感和不满足感，你想光明正大地和情人在一起，恕我直言，其实，在很多时候你会想，如果现在的丈夫突然死去该多好。比如说在一场车祸中，又比如突然自杀等。这对你是一个幻想，但是，对我来说，却完全可以变为现实。”

这个女人说的全是真的，自己的确有这种奇怪的想法，但是，又怎么能随便相信一个巫婆呢？所以她犹豫地说：“我凭什么相信你？”

女人还是一脸麻木，口中喃喃道：“你自然会相信，在这个奇怪的社会，有很多处于你这种状态的夫妻，他们和你一样痛苦，我想这是现代化的一种病。而我，正是能治这种病的人，按上帝的旨意，我去过很多家庭救赎，宣传我的这种解药。”

什么解药？她心中产生一种莫大的兴趣。看着女人打开手中的袋子，里面放满了各种颜色和款式的领带。原来只是推销领带的骗子，她顿觉失望。

女人并没有因她失落的表情而停止介绍，而是继续说：“这种领带是来自地狱的精灵，一个男人只要把它扎在脖颈上，大约半个小时，它就会突然收缩、迅速地收缩——直到对方窒息而死，不过你放心，只需一会儿，领带又会恢复正常，谁也不会想到一条领带干了些什么，最后，报刊上就会刊登有人离奇死亡的消息。”

太神奇了，她已经彻底迷上这种领带，不错，在很多时候她都在想着浪漫的爱情需要一个人牺牲，也许，她的丈夫应该成为牺牲品。

“但是，这领带要多少钱呢？”她问。“两万块，”女人说，“在上帝面前请你不要讲价，否则上帝会生气的。”

两万块并不多，比起自己的浪漫爱情来，花点儿钱又算得了什么，所以很快成交。

她把领带拿在手里，目送女人离去，但女人拿到钱后，突然说：“你那条项链……”

但她已经把门关上，脑袋里只是疯狂地想象着丈夫突然在某个地方绝望痛苦的样子，想到这里她便有一种压力，来自脖颈周围的压力，项链才戴上半个小时，怎么绷得这么紧，她用手摸了摸脖颈，觉得项链越缩越紧，和女人描述的那种感觉一模一样。

在最后一刻，她眼睛里似乎看见一幅画面，那个女人正在向她丈夫介绍来自地狱的项链。

点评：

但同学们别忘了，生活是一面镜子，你对它笑，它就笑；你对它哭，它就哭；你对它一脸狰狞，它也会对你怒目而视。只有在心里注入阳光，才能驱走内心的黑暗。

精彩导读：

雷利是个老实人，但因为妻子出轨，他发誓要杀死那个情敌。于是，他把自己“武装”起来，竖起的衣领，白色的口罩，加拿大的毡帽，挎包里的利刃，都让自己觉得冷酷无比。在车水马龙的约翰大桥，在一个雾霾之日，他等着下班高峰的来临。

雷利的故事

作者/［德］马丁·瓦尔泽

“咔。”

雷利做了一个砍下去的姿势，对自己说，剧情开始了。

他站在镜子前面，摆出冷酷无比的样子。然后，迅速地将衣领竖起来，再戴上一个白色的口罩，他满意地点点头，转身准备离开。

刚跨出去两步，雷利又停了下来，似乎想起什么似的，折回到衣柜，拿出一顶加拿大产的毡帽，扣在头上，如此一来，站在镜子远处的雷利端详着镜中的人，全副武装，连自己都不大相信这就是自己，太酷了。

“咔”。告一段落。

雷利静静地坐下来，清了清喉咙，似乎要向一百万观众做演讲似的。他在心里默默倒数，三、二、一 ——生活总会逼着一些人去勇敢地做一些事，即便这些人可能是羸弱的、胆怯的，但是，当心中的那团怒火燃烧起来，终于冲破了所谓世俗的理性，雷利准备复仇。

他要杀一个人，这个人是一个男人，强壮的男人，这个强壮的男人盗窃了雷利的爱情。为什么这么说？其实很简单，雷利的妻子和这个男人厮混在一起，给雷利头顶戴上了一顶光鲜的绿帽子。

“咔。”

镜头转换到匹兹堡的约翰大桥上，车水马龙，这里是汽车之城，但镜头的焦点却并不是汽车，而是横跨马路的那座桥，桥上现在还是空荡荡一片，但雷利的脑海里出现一个影子，那个男人急匆匆地从桥的那边走过来，没错，这是必经之路，但从今天开始，这座桥将成为死亡之桥。

雷利的眼睛瞪得很大，但天空却一片雾霾，让他的眼睛有点儿疼痛，有点儿看不清楚。但这不是很好吗？杀人后将可以更加顺利地消失，雷利的手伸进挎包里，紧紧握住那把西亚产的匕首，只要一刀，足以毙命。

“咔。”告一段落。

雷利悄悄退回到旁边的墙角，离预定的时间还差一会儿，他得祈祷，告诉上帝，自己为什么要这么干。他仿佛又回到了录音棚，在心里默默倒数，三、二、一——此刻的雷利已经不管不顾，他心里只有一个念头，便是杀死那个男人。但他不得不承认，自己很紧张，以至于握着匕首的手在不断颤抖，而额头上的汗也在不经意间流了下来。

雷利没干过什么坏事，但就像一位哲学家说的，老实的人一旦疯狂起来，那是最可怕的。雷利就是个老实人，谁会想到他要杀人呢，但时间已经在步步逼近，雷利会杀人吗？

“咔。”

人流从桥的一端拥过来，下班高峰期到了，雷利慢慢地走过去，走到桥的中间，他要以最快的速度解决掉那个男人，然后离开。

但是，所有人都竖着衣领，所有人都戴着白色的口罩，还有同样的加拿大产毡帽，连男女都分不出来，怎么辨别那个男人，雷利慌了。

他紧张地搜索着每一个路过的人的特征，希望从中找出端倪，比如说，那个男人走路时有点儿内八字，又比如说，那个男人身高大概有180厘米。可惜，雷利并没有很快断定哪个人是自己的目标，他没办法下手。

“咔，”告一段落。

雷利似乎陷入了深深的迷宫，三、二、一，独白开始，雷利当然不知道，这样的雾霾已经让整座城市疯狂，每个人都是全副武装，谁也看不清谁，所以，他才没办法下手。

难道就这样放弃，让那个男人继续和自己的妻子快活吗？不行，雷利脑海里不断浮现妻子的妩媚样，但旁边的男主角却不是自己，这种感觉真窝囊，雷利的眼睛里冒出了凶狠的火花。

必须找到那个男人，必须把他杀掉，雷利加快脚步，在桥上死死盯着过去的人，180厘米，小眼睛，可恶的男人，有本事给我站出来。

咔。

正当雷利在疯狂地寻找那个男人，而且，仿佛已经看见那个男人的时候，他准备直逼过去，但是，他最终竟然连一步都没有再挪动，一把锋利的匕首从后腰插进来，雷利似乎感觉到，那匕首的形状就是西亚产的那种，和自己包里的一样。

后面响起一个陌生男人的声音："终于找到你了，谁叫你和我老婆偷情，你这该死的家伙，我认识你的眼睛。"

雷利的口罩被那个男人扯下来，那个男人像被雷击一样，喃喃自语："不是，你不是，我杀错人了。"然后，撒开双腿就跑了。雷利看见那个人渐渐消失在雾霾里，却什么也做不了。

"咔。"告一段落。

雷利死了，死得似乎很冤枉，但这又能怎么样呢，我们不必去追究杀人犯最后会不会被惩罚，只需要去思考，为什么会有这么多人去杀人，他们在杀死别人的时候，是不是也是在杀死自己。

我们身边有无数个雷利，但关于雷利的故事，结局却总是一模一样，那些幸运地暂且没有被杀的人，那些干着无耻的活儿以为没被发现的人，终有一天会被杀死在一座桥上，因为那是生命必经之路。

雷利到底是个好人，还是个坏人，只有他自己知道，我们无权去评判。

“咔”，剧情并未结束。因为雾霾里有很多意外，看不清楚，看不明白。

点评：

我们现在要讲和谐。这恰是对上述不良心态的矫正。同学们也应从中得到启发，如果人心中充满黑暗，终将被黑暗吞噬。

精彩导读：

他做了一个噩梦，梦到自己把肺咳出来了。醒来以后，他就开始咳嗽，狠命咳嗽，但在妻子、父母、同事、上司、医生面前，却一声都咳不出来。最后，他被关进了精神病院。

该死的咳嗽

作者/［意大利］达卡尔

很多事情，我是说不清的，这并不是我的表达能力有缺陷，而是有些东西，它没办法描述，或者说，解释起来连你自己也不信。

问题说起来也不大，就是在某天早晨，我被一个梦惊醒，本来我并没有回忆梦中情景的习惯，但那天却老忍不住，使劲想，而且，在某个瞬间，一个情景还突然冒了出来，我不记得是坐着还是站着，总之，在我低头的那一刻，我看见脚下有一个冒着热气的东西，看了许久才发现，那是一块肺，我的肺掉在了地上。

想起那一刻，我为那只是一个梦而庆幸，可惜，这种梦似乎总能预示着什么似的，我张嘴的那一刻，突然咳了一下。

然后，我便咳嗽起来，一开始还是偶尔咳一下，到后来变得厉害起来，每次都要咳个五六分钟，还带着鼻涕和唾液，很恶心，我不得不拿出各种治咳嗽的药，不就咳嗽嘛，我心里想着。

我告诉妻子，自己咳嗽了，妻子笑笑："想干吗呢？哪咳了，张开嘴看看，咳两声看看。""啊！"我没有咳出来，妻子却趁着我张嘴，将一颗葡萄塞进我嘴里，说："乖，别装了，这次去新西兰的生意很重要，办完了再来陪你。"

谁让她陪，她最好是去个一年半载不回来更好，再说了，我只是想说说自己的咳嗽，我是真的咳嗽了。我又去找同事，说自己咳嗽了，但每次说起咳嗽的时候，该死的咳嗽却总不来临，无论我怎么吞口水诱导它，咳嗽就是不出来，看着同事们奇怪地笑，我觉得自己很冤枉，我的确有咳嗽，而且越来越严重。

我的咳嗽持续时间越来越长，有时候一个人在路上咳个半小时不能走路，胸部还特别闷热，好像有个东西阻塞在里面，必须要咳出来一样。

我特别难受，跟上司请假，说自己咳嗽得厉害。上司看了我一眼，我扭了扭脖子，还用手在喉咙上掐了两下，但是，气流似乎很顺畅，一点儿要咳嗽的迹象都没有。上司很通情达理地对我说："咳嗽是吧，去医院检查一下，没事的。"

对啊，我为什么不去看看医生呢？于是，我去了市里最好的医院，找了最好的咽喉科医生，我说我咳嗽，医生便用一把小钳子撬开我的嘴，在里面捣鼓了好一会儿，然后迷惑地看了我一眼："你咳两声给我看看。"

我咳不出来，请求医生再等等，咳嗽一定会来的，我没骗人。可是，半天过去了，咳嗽还是没有来，无论我怎么诱导它。我告诉医生，按以往，我都已经咳嗽十几次了，今天不知道为什么咳不出来。医生便告诉我："你的舌头正常，喉咙也没感染，胸腔很有活力，很正常。"

我祈求医生，再看看，我真的咳嗽得好厉害。医生看了我一眼，按响了警铃，我被带走了，并被警告不要再来医院捣乱，否则将被送去警局。被撵出医院那一刻，我疯狂地咳嗽起来，无论怎么拍打胸部都没用，我被咳嗽折磨到要死。

我跟很多人诉说了自己的苦衷，父母、同事，还有我能跑去的医院的所有医生，但他们几乎都不愿听我讲自己的咳嗽，直到最后，我被一名医生带到精神科，也不说什么，“哐当”一声便把我锁了起来，无论我怎么咳嗽，他们都不理我。

漆黑的夜里，我一个人静静地躺在小屋子里，想起那块掉在地上的肺，我突然觉得，自己该好好睡一觉，也许第二天醒来，一切会重归于美好。

点评：

西方人在心理学方面可谓造诣颇深，而中国的解梦之学，当是最早的心理学。中国自古就有“日有所思，夜有所梦”之说，可见梦也并不是无中生有，纯属荒诞，但若迷信梦，就误入歧途了。很多时候，心理作用会影响人的行为，使人走向极端，就会像文中咳嗽的人一样，成为笑柄。

精彩导读：

埃及阿斯旺市的一家冷饮店里，发生了一件离奇的谋杀案。除了地上细微的小沙洞，找不到任何线索，没有杀人动机，没有目击者，也没有凶器。但警官利尔德却头脑清醒，思维缜密，从几个小沙洞和一支簪子上看出了玄机。

谁是凶手

作者/［土耳其］西斯内格斯

人躺在地上，死了。从伤口来看，是用一支锥形物直接刺进心脏，一刀毙命。坦卡蒙询问利尔德：“可以找到凶手吗？”利尔德没有直接回答，随手从冰柜里拿了一杯冷饮，扔下一句话：“把尸体先冷藏起来。”

确实，在阿斯旺，天气极热，尸体如果不先处理，马上就会变得恶臭，产生传染病。当然，利尔德已经将死者的位置牢牢记在心里，而且，作为一名老警察，他已经敏锐地发现，死者旁边有细微的小沙洞，这是重要线索。

利尔德决定一一排查，据坦卡蒙说，自己的丈夫平时与人交好，没有什么仇人。可是，翻阅死者的档案，利尔德发现，坦卡蒙只是在一年前才与死者结婚的，这么短的时间内，她凭什么一口咬定死者没有仇人呢？可疑。

但是，当调查人员将资料汇总，利尔德发现，周边的邻居都一致认为，死者生前是个老好人，绝对没有跟任何人发生过哪怕一丁点儿争吵，谋杀必定有别的原因。

利尔德再次来到事发现场，用脚踩了踩地面，发现很松软，这是沙质的地面，所以脚印没办法留下来，因为那些沙粒会随着风向自动飘落，这也是凶手狡猾之处，利用阿斯旺的风沙掩盖了现场。

但是，既然凶手这么聪明，为什么会有小沙洞呢？利尔德问："平时还有什么人会来你这儿？"坦卡蒙理了一下头发，用一支犀牛簪将头发束起来，想了一会儿，说道："除了买些冻肉冷饮的客人，没什么其他人。"

"真的没有？"利尔德追问了一句。坦卡蒙若有所思的样子，告诉利尔德，有一个人经常来，他是自己的小叔子，对了，他常常会带一个女孩儿到店里来。

利尔德来到一座公寓，公寓从里到外都显得特别豪华，他看到一个男人，利尔德便直接问："你就是汤姆森？""是的，我知道你们为什么来，我哥哥被人谋杀，我很伤心，他对我那么好，你们一定要查出凶手，为我哥哥报仇。”

“我们会的，但我需要你的配合，1月14日，你在哪儿？”汤姆森犹豫了一会儿：“1月14日，我想想。”但是，他还没有回答，一个女孩儿便在楼上大声说道：“那天晚上，他和我在一起，就在我的卧室里，做一些快活的事儿。”

“谁能证明？”利尔德问。“笑话，谁会守在我的卧室里看我们快活，难道你要怀疑我们吗？”女孩儿身材高挑，像个模特，她优雅地挥舞着一根指挥棒，从楼上走下来。

利尔德认真询问了一番，但这个女孩儿却对答如流，虽然没有人证明他们在卧室，但楼下的保姆，还有附近的交通录像显示，他们在当天下午回到公寓后，并没有离开过。

案情变得扑朔迷离起来，利尔德看着身边的人无精打采的样子，笑了笑，说：“或许，我已经有了答案。”

“你们注意到没有，女孩儿手中那根指挥棒，其实那不仅仅是指挥棒，还可以做拐杖，还记得现场那几个小沙洞吗？”

利尔德兵分两路，亲自带人去事发现场，而另外一队人则去汤姆森的公寓，取回那根指挥棒。经过对比，沙洞的痕迹符合指挥棒的形状，那个女孩儿是凶手。

可是，她为什么拿指挥棒当拐杖呢？坦卡蒙忽然大声说：“我知道了，她曾经告诉我，几天前在参加一个商业演出时扭了脚，她一定是杀了人太紧张，行走不便才留下了拐杖的痕迹在这里，幸好警官看出来了。”

如果是这样，那一切就说得通了，一行警察已经出发，他们要将那杀人凶手带到现场指认，以便真相大白于天下。

但是，当汤姆森和那个女孩儿被带到现场后，利尔德却并没有指认对方是凶手，而是告诉所有人，事情并没有这么简单。因为死者是被一个锥形的凶器刺死，而凶器并没有找到。

“那凶器在哪里呢？”利尔德笑了笑，指着坦卡蒙说道，“凶器就在你头上。”“什么意思？”利尔德走过去，取下那支发簪，说道：“这是一支犀牛角簪子，如果我没猜错的话，它应该跟死者的伤口很吻合。”

在冷藏室，经过化验比较，正如利尔德所说，凶器确像这支簪子，但尺寸却比这支簪子小。也就是说，这支簪子并不是凶器，而且坦卡蒙已经泪如雨下，拉着汤姆森哭诉："我对你们一家难道不够好吗？"而汤姆森则是一副不知所措的样子。

利尔德再次露出了微笑，拿着那支簪子看了看，说："这的确不是凶器，而且，上面也并没有验出什么血迹，但是，这却是生产凶器的工具。"

为什么呢？一支簪子怎么生产凶器，所有人都把目光集中到利尔德身上。他解释道："我的灵感来自第一天在这儿喝下的那杯冷饮，你们发现没有，这里是出售冷冻食品的地方，而这支簪子，"利尔德轻轻扭开一个小盖子，"看，犀牛角里面是空心的，当我们把水放进去，冷冻后，再从里面取出冰冻物，那便是一把锋利的锥子，而且，你们看，这支簪子上有敲打的痕迹，那是坦卡蒙女士为了将凶器取出来时敲打所致，同时，也可以证明为什么伤口化验会显示凶器比这簪子小一号。"

"可是，我为什么要杀死自己的丈夫？我并没有杀人动机。"坦卡蒙一脸无辜，而利尔德的目光则望向汤姆森，说道："因为汤姆森找了一个新女朋友。我们的调查人员发现，汤姆森经常来这里，但来这里的时间总是在他哥哥，也就是你的丈夫出去进货的那几天，如果一两次还好，但过往几年都是如此则一定有问题，唯一的解释便是，你们的关系不正常。

“而事实也证明，有附近居民亲眼看到，你们两个人亲密地在阳台上，动作很暧昧，可能，哦，很美好。可惜，这段时间，汤姆森有了新的女朋友，所以，你便想出了这个毒计，不仅除掉自己的丈夫，还偷偷去汤姆森家拿了女孩儿的指挥棒，想嫁祸给自己的情敌，然后和自己的情人过幸福的生活。

“可惜，每次你看汤姆森的眼神，都让我不得不怀疑，尽管你掩饰得很好，但人性深处的一些东西，无论如何都藏不住的。”利尔德环视一遍，将眼睛紧紧闭上，大跨步离开了现场，剩下的一切自有人处理。

但没有人知道，其实还有一个秘密，那个漂亮的女孩儿，其实是利尔德的女朋友，解决了汤姆森全家，他便可以财色双收了。

点评：

埃及是个东方国家，古老的金字塔让它始终充满神秘色彩，与同为世界四大文明古国之一的中国一样，都以辉煌的古代文明闻名于世。但作为沙漠国家，它又有着尤为独特的地方。本文离奇曲折，构思精巧，故事性极强，在叙述上极尽一波三折之能事，力求出人意料，颇有“语不惊人死不休”之势。

精彩导读：

一个现代都市人，有一天居然长出了尾巴。他无比尴尬，想方设法隐瞒，最后在妻子的陪同下去了乡下老家，一怕现眼，二怕对手陷害。他想砍掉尾巴，但乡下最老的长者告诉他，这无济于事，只要尾骨还在，尾巴还会长出来。

尾骨

作者/［土耳其］伊派克·卡里斯拉

这种感觉，开始我并没有注意，以为是坐久了，或者是有点儿炎症，抓几下就好了。一开始的确有效，抓几下，有种无比舒畅的快感。

但是，我后悔了，因为有一天，我再去抓的时候，发现那地方凸出来一点儿，而且硬邦邦的。这是怎么回事，我没有声张，只是留了个心眼，拐弯抹角地问了几个医生，他们都以为我在讲故事，好像在他们所经历的病人当中，从未有过这种症状似的。

当然，我并不能直接告诉他们，我出了这样的问题，那太丢人了，在那种地方，凸出那么一块，简直就是个怪胎。

我可以瞒住别人，但有一个人瞒不住，每到晚上，我不可能总以各种理由不回家，妻子也不可能不关注我的身体，她肯定会发现我的秘密。所以，我拉着妻子到书房，无比自责地对她说，自己的尾骨处有点儿问题，凸出了一块。

妻子很惊讶，非常担心我的身体，也偷偷问询了许多人，希望能了解是怎么回事。可惜，没有人知道原因，更没有人知道解救方法。

凸出来的那一块越来越尖，也越来越长，这是要长出一条尾巴的趋势，我用皮带紧紧束缚它，生怕被身边的人看到，然后把我当成一只猴子。

不能再这样下去了，在妻子的陪同下，我们去了乡下老家，无论怎么传，至少不会影响自己的工作，要知道，在这座城市，自己再怎么说也是一个有身份的人，丢不起那个脸，也怕被敌对的那些人陷害，输不起啊！

乡下最老的长者告诉我，这就是尾巴："年轻人，你长尾巴了，它会越来越长的。"可我该怎么办呢？要知道，我一向认为自己是一个猎人，在过往的工作和生活中，我用一个猎人的思维和手段，解决了无数的猎物，我是一个胜利者。

如今，我竟然长出尾巴了，该死的尾骨不知出了什么问题："有尾巴的动物，都是猎物。"这是小时候，爷爷拿着猎枪对我说的话。现在我有了尾巴，那么，我岂不变成了一只猎物，这该如何是好？

摸起来有点儿硬，我对长者说："帮我砍下来吧，我不能拖着一条尾巴在大街上走动。"长者摇了摇头："不行，尾巴无论怎么砍，只要尾骨还在，它还是会长出来的，改变作为猎物的身份，只能找猎人。"

我不想去找任何猎人，因为在猎人眼里，只要是猎物，便会毫不犹豫地开枪，然后将我打死，改变作为猎物的身份，除非自己不是猎物。

那天夜里，我想了许多许多，是不是自己违背了一个猎人的

生存守则，才会被上帝惩罚，让自己也变成猎物，如果是这样，我真的愿意重新回到过去，让那些曾经受到伤害的猎物活过来，过原本应该有的幸福生活。

可是，过去的事已经成为过去，时间从不会倒流，我回不去了，就像那条尾巴，长了出来，便再也不会缩回去，这是宿命。迷迷糊糊中，我仿佛看见一把猎枪，它从远处黑暗的地方伸出来，对准我的尾骨，“啪”，开了一枪，我失去了知觉。

点评：

有时候现实比故事更荒诞，而同学们在这个荒诞故事中，要读到什么现实的东西呢？要透过现象看本质，就要找准自己的位置，不要迷失自己。

精彩导读：

科学家意外发现胡夫金字塔里的一号木乃伊有心跳。因为无法破解原因，所以它成了“世纪瑰宝”，价值连城。而防盗则成了当务之急。但是，一号木乃伊还是不见了，而警方调出监控视频，竟发现一号木乃伊是自己逃走的！

木乃伊的心跳

作者/［日］宇多田光

传闻，一号木乃伊存放在胡夫金字塔里，科学家通过检测发现，这个木乃伊具有活人的一项显著特征，他有心跳，正常人的心跳。但事实上，他的年龄却已经有两千多岁，尽管其他地方并没有生命的特征，且表面看去，与一般的木乃伊并无两样。科学家通过许多高科技手段去研究这个木乃伊，却始终没有答案，他是一个科学之谜，堪称“世纪瑰宝”，可谓价值连城。

所以，为了不损坏木乃伊，同时可以避免被盗窃，埃及、法国等好几个国家的安保专家根据木乃伊本身特征制作了一个小型石制深槽装置，让木乃伊躺在里面，如果有人盗走木乃伊，便会因为心跳的消失而自动报警。

出于安全考虑，除了在存放木乃伊的展览室安装三百六十度监控视频外，室外还安排了全天候警卫轮流看守，以确保巡展万无一失。

但是，一号木乃伊还是不见了，警方调出视频，可以清晰地看见，在零点，传说阴阳交界大门打开那一刻，躺在石槽里的木乃伊先是一只手沿着石槽摸索了一阵，而另一只手遮住眼睛，像是好几千年没见过光，如今醒来感到很刺眼似的，徐徐站了起来，然后跨出了石槽。木乃伊真的活了，但警方想接着看木乃伊去了哪里时，视频却出现了一片空白。

木乃伊离开石槽的时间是零点零分三十秒，与警报的时间完全相同，那么，警卫冲进来的时候，按正常的速度，大约三十秒，在这么短的时间内，怎么会不见了木乃伊的踪影呢？卡尔勘察了一遍现场，除了洗手间那一堆木乃伊的“死皮”外，没有任何其他东西留下，难道真如传闻那样，一号木乃伊获得了新生，自己跑了？

可是跑哪儿去了呢？洗手间没有安装监控视频，这符合常理，视频，卡尔在心里默默念着，没错，要从视频入手，为什么在最关键的时刻，视频会出现一片空白？

卡尔找到此次巡展的负责人德列夫先生，他显得非常憔悴，出了这么大的事，他已经好几天没睡觉，卡尔觉得这个人很面熟，却想不起在哪儿见过他。他对卡尔说："很显然，这不是安保的问题，木乃伊是自己走了，你知道，科学也无法解释他为什么会活过来。"

"负责录像监控的是谁，为什么会突然出现空白？"卡尔问"这完全是意外。"德列夫把一个叫萨拉的老头叫过来，他解释，自己很认真地守在监控室里面，一秒钟都没有开小差，只不过，因为监控录像带恰好用完了，负责的工作人员没有换上新的录像带才导致后面的部分是一片空白。

"那负责换录像带的人呢？"卡尔问。"已经被抓了。"萨拉说卡尔也没问出个所以然，对方辩白，每一盘录像带都是自动录制一天，自己每天会在中午十二点准时换录像带，但这盘录像带却有质量问题，这种质量问题确实存在，但概率最多是万分之一，在业内是质量许可的，也就是说，这真的是一个技术上的意外。

洗手间里有一个小窗，但已经用拇指粗的铁杆封死了，卡尔不相信，这个木乃伊真的会隐身，会在瞬间蒸发去另外一个地方。除了窗口，卡尔不断环顾洗手间的环境，意外发现头顶有一个封闭的气窗。技术人员取下通风窗，里面露出一个大洞，这个气窗足够一个人爬出去。

当化验报告送到卡尔手上时，他瞟了一眼，没错，那堆木乃伊的死皮确是木乃伊身上脱落的表层，也就是说，木乃伊真的活过来了。卡尔拿出一个十字架，在手里把玩了很久，这个是他在气窗通道里发现的，可能是木乃伊掉下来的，而且，他还发现，气窗的出口在整栋大厦的背面墙壁，常人根本没办法从那个出口跳下去，唯一的可能便是，木乃伊从那里飞走了。

卡尔再次找到德列夫，他拿出一张一号木乃伊的图片，说："真相我已经找到了，你们看，是不是觉得有人和这个木乃伊长得很像，难怪我第一次看到他的时候觉得面熟，因为你就是那个

会走的木乃伊。”他指着德列夫。

“笑话，如果我是木乃伊，我早就飞了，我是一个大活人。”他解释，当天晚上木乃伊丢失的时候，自己也是随警卫第一时间跑到展览室的，自己怎么会是那个走掉的木乃伊呢？那堆木乃伊的“死皮”又怎么解释？

卡尔说道：“我们一直被那个通气道所误导，还有那个仿制的十字架，都是为了转移我们的视线，直到我的妻子瑞丽，她的一句话提醒了我。‘怎么才来？’那天，我的助手躲在展览室的门后，等到她进来，只看到我，而没看到其他人，所以很自然地认为我的助手是刚刚跟着她才进来的。”

“这又能说明什么？”德列夫问道卡尔继续解释，“因为人

总是有一种视觉定式，或者说视觉盲点，当所有人冲进展览室，焦点都集中在一号木乃伊的石槽上，却没有关注其他，而这个时候，其实你，德列夫躲在展览室的门后，悄悄地装作刚刚跟随警卫一起进来的样子，其实，你早就已经在展览室里，而且你就是那个一号木乃伊。”

德列夫怎么会是木乃伊呢？原来，一号木乃伊离开石槽的时间并不是当天零点零分三十秒，而是在前一天展览结束，也就是晚上九点三十分，他化装成木乃伊，在十秒以内迅速与真正的一号木乃伊进行了调包，也就是说，从九点三十分闭馆到第二天凌晨，睡在石槽里的并不是一号木乃伊，而是德列夫假扮的木乃伊。而因为心跳还在，所以警钟在十秒后并没有报警。至于那些警卫，则都是德列夫一早安排好的自己人。

点评：

同学们在写作中，也要像这篇文章一样，善于制造悬念，力求引起读者的阅读兴趣，让人有读下去的迫切冲动。这就需要精巧构思，而不是记流水账。

精彩导读：

比特是个农民，玉米快成熟的时候，他就要带着猎枪住进小木屋了。在与狼共舞的十年里，他与它们斗智斗勇，生死相搏，但载着玉米的卡车离开草原的时候，比特总是坐在高高的玉米堆上，擦拭着手中的枪，然后仰天长啸，表达一种别样的思念。

白天不懂夜的黑

作者/［墨西哥］杰姆·马吉儿

夜很冷，这样的夜，没有人会待在这里，广袤无垠的草原上，狼的啸声此起彼伏，很是怕人。

但比特不怕，一件羊皮外套紧紧裹着身子，手中的枪乌黑乌黑，里面的子弹似乎就要冲出来一样，他看了一眼远处的星星，那是狼的眼睛，再看一眼远处的波浪，那是一片玉米地，他的玉米地。

在比特的记忆中，与狼在一起的日子比与人在一起的日子，多了十年。“你是不是觉得这个世界太残忍，想回家吗？”

“不想。”比特回答，但身后的女人已经紧紧贴在自己的后背，虽然隔着羊皮外套，但比特还是能触及一种气息，女人的气息。为什么不想？因为玉米还没熟透。

女人拉着比特走进小屋，要干什么，两个人都非常清楚，在这样的夜里，空旷的小屋，不管做什么，都是自由的，或许还充斥着野性的味道，很诱惑，很迷人。

“狼还没走。”比特冷静地说。

狼是不会走的，白天，狼害怕那支长长的黑枪，唯有晚上，才有机会，不是为了玉米，而是为了攻陷那间小屋。

一个冷静的男人绝不会在晚上大意，更不会去做一些妄为的事情，但比特是一个过于冷静的人，过于冷静的人总是会做一些过于自信的事情，当女人要回到屋子里的时候，比特突然站起来，将女人拉倒在身边，再往篝火里添了一大根木柴。

火很大，将两个人的影子印在草原上，远处传来几声狼嗥，狼没有走，狼大概已经捕捉到，这是一个千载难逢的机会。

但比特并不是傻瓜，这么多年与狼共舞，他深知狼的品性，所以，当狼群跑近的时候，他的右手已经举起枪，朝天放了一枪，狼群停止了脚步。

比特甚至计算过，这一群狼总共二十一只，他身上有两百发子弹，无论它们如何凶狠，在篝火旁，他可以将狼群全部干掉。

狼群似乎也知道，对方的枪会随时招呼过来。所以，在篝火不远处，它们停了下来，形成了对峙的局面。

但是，在女人发出一声重重的喘息那一刻，比特突然觉得，哪里不对劲，具体哪里不对劲，他一时想不出来，这种疑问让他很担心，很不舒服。所以，他用力推开了女人，朝狼群看去。

没错，只有四十颗星星，按道理，应该有四十二颗，有一只狼不见了，这只狼是刚刚离开了，还是一早就没来，又或许是死了？在草原上，什么都可能发生，比特不希望狼死去，那样他会觉得生命中少了些东西，至于为什么，比特没办法解释。

狼没有死，因为女人发出了尖叫，比特看见，那只狼从自己身后的屋子里走了出来，正对着自己看，这个时候，如果狼冲上来，枪是来不及射杀的，但狼没有冲上来，如果要冲上来，它应该早就冲了上来。

狼在小屋前嗥叫一声，远处的星星瞬间消失，它自己也一溜烟地奔向了远方。留下孤独的比特，还有早已昏厥的女人。比特朝天放了一枪，声音很脆，很响，女人醒了过来。

载着玉米的卡车离开草原的时候，比特坐在高高的玉米堆上，擦拭着手中的枪，他没有告诉任何人，那只狼曾走进自己的屋子，却没有破坏任何东西。因为就像白天，它永远不会懂得夜的黑。

风吹过来，泪水忍不住涌了出来，比特仰天长啸，声音传向远方，不知狼群是否听到一种别样的思念。

点评：

往往社会越发达，对自然的态度也越中肯，认识也更深刻。人对自然的征服欲源自恐惧，恐惧源自它的神秘。而你对它了解得越多，也就越理解它，与它走得更近。同学们的环保意识恐怕更多地来自不同渠道的宣传，而缺乏真实的亲身体验。

精彩导读：

一个话痨被抛进一个失语时代，因为主动跟人搭话，被警察逮捕，然后到“失语时代培训室”进行培训，直到通过“沉默寡言考试”A级才能出去。上课就是端坐着练习如何抛出冷漠的眼神，如何快速地转身，如何保持人与人之间的距离，最高境界是不相信任何人，仇视一切人……

失语时代

作者/［葡萄牙］汤姆菲尔顿

我爱说话，爱与人交流。因为性格原因，我总是口若悬河滔滔不绝。为了避免孤独，我还学会了自言自语。就算找不到任何说话对象，我也可以说个不眠不休。

一天，我在街上看到一个可爱的男孩，我说：“你好啊”，但男孩一听，竟满脸恐慌地躲到一个大人身后。连一句“叔叔好”也不会说，真是太没礼貌了。这时，我朝那位大人微笑一下，正想调侃点儿什么，他却双眼冷漠地转过身去。我无奈地朝周围人笑笑，我想一定会有人对我有什么表情，却发现周围的人们也四散奔逃。他们大多是独自快步往前走，好像与周围的一切都没有关系，难道都是哑巴或者聋子？但不可能大街上一次性出现这么多，的确很异常。

不一会儿，街头传来警笛声，一辆警车在我身边停下。几个警察跳下来，举起几张纸：“请不要和陌生人说话”“除紧急时刻，禁止发出声音”“现在要逮捕你”“如果你再开口，罪加一等”。我正莫名其妙，已经被塞到车里去了。“这里是全封闭的安全系统，可以开口说话了。”警察说。

“我犯了什么罪？”

警察很夸张地看了我一眼，然后对同伴说：“又是一个顽固分子，真是死不悔改。”然后拿出一台笔记本电脑，敲敲打打进入某个页面，接着说：“很久前我们确实已经通知你不要和陌生人说话，所以证据确凿，你不能抵赖。”

什么抵赖？我不明白他在说什么，我说我没收到什么通知，也没听别人说过有什么通知。

警察做出惊诧的表情，然后严肃地说：“你应该知道这次新颁布的法律，不要和陌生人说话是这次宣传的主要精神，而且我们第一张布告贴在火车站，同时在电视台、报刊媒体都有通知。”

我只是个普通市民，我也从不看什么报刊，更不看电视，有时间我就去和朋友谈谈心，拉点儿家常什么的。

警察似乎恍然大悟，点了点头，然后打了个手势。

我被带到一个挂着“失语时代培训室”牌子的房间里面。警察对我说：“这次颁布的法律很严格，如果随意搭理陌生人就会被逮捕并判处监禁。除了在万不得已的情况下可以与警察交流外，拒绝任何街头闲话，经检验你属热心肠，所以必须被拘留，直到通过‘沉默寡言考试’A级才能出去。”

我和一群爱说话的人关在一起，但相互之间却不能有任何沟通，每天的内容都是固定的：吃饭、睡觉、上课。上课就是端坐着练习如何抛出冷漠的眼神，如何快速地转身，如何保持人与人之间的距离，最高境界是不相信任何人，仇视一切人。

在我入狱大概三周的时候，实施了一次每个月都进行的A级

考试。

考试很简单：和一个仿真机器人面对面坐着，听机器人用世界上最动听的话来打动你，用世界上最善良的表情来感染你，但你不能说话，你要保持冷漠，保持一种距离感。但我看到机器人诚恳的样子一下子就开了口，我当然没有通过。

这样我就无法出狱。

为了达到铁石心肠的目标，我开始拼命看血腥片、看社会悲剧，天天想象着世界是多么丑陋，人类是多么残忍，和陌生人说话就是和死神说话。

我通过了下一次考试，而且达到了C级水平，我感觉自己融入了某种全新的文化。

出狱的当天，我觉得心里空荡荡的，不知道要去干什么，所以就去了个叫“家”的地方，我推开门，看到一个女人和一个小孩在吃饭，感觉既熟悉又陌生，我记得以前看到他们总有千言万语，而且我会微笑着去拥抱他们、亲昵他们。现在突然发现那都是假的，那女人喂小孩的动作那么虚伪，说不定饭菜里有毒。那女人看我进来，立马站起来做出防卫的动作，我记得她以前很温柔很体贴，现在对我竟如临大敌一般。

不过这都是我客观的观察和机械的想法，反正我也没什么感觉，无所谓，懒得说话。

那小孩突然朝我叫了声“爸爸”，这如何了得，太没家教了，小小年纪竟然敢和别人说话，我可不想再进“失语时代培训室”，赶紧夺门而逃，身后听到女人打小孩的声音。

点评：

现在的社会又遭受着信任危机的困扰，人与人之间的冷漠令人堪忧。同学们在写作中可以学习这种夸张的写法，以求达到一种让人“过目不忘”的效果。

精彩导读：

一个城市的警察局发生了怪事，连连失窃，而且只丢警帽。于是他们几乎放下手头的大案小案，专门守在各大门口、走廊抓偷帽子的贼。守了一个多月，却一无所获。后来在媒体的压力下，警察局一面在全市范围严打盗窃，一面取消了对帽子的采购，结果警察局安全了，全市也基本没什么盗贼了，而警察却在很多市民家里发现了警帽……

全城盗影

作者/［英］里克曼

盗贼竟然在警察局偷东西，而且屡试不爽，这让小城的警察颜面尽失。不过，警察局并不愿意将此事透露给媒体，因为他们想等抓到了盗贼再公布，那样子才能挽回一点儿颜面。退一步讲，此类盗窃事件根本不值得一提，也构不成什么大罪，因为警察局被偷的只是警帽。

这个盗贼是真的只对警察的帽子感兴趣吗？不可能，那么，他一定是在捉弄警察，说不定他正在某个地方拿着一顶警帽玩耍呢。

据统计，最近一段时间，警察的帽子丢失得越来越多，一开始是个别警察偶尔丢失，发展到后来，越来越多的警察发现帽子不见了，搞得警察局几乎放下手头的大案小案，专门守在各大门口、走廊抓偷帽子的贼。

不过，话又说回来，人家不偷你的枪就算很客气了，试想，既然能摘掉你脑袋上的东西，别在腰部的小玩意儿就更不在话下了。

可惜，守了一个多月，连个盗贼影子都没看到，更可怕的是，警察们渐渐习惯了这种生活，不就是丢顶帽子嘛，没什么大不了，有的警察甚至连续丢了好几顶帽子，却再也不以为意了，该干吗干吗，这贼也没那么可恶。

因为迟迟未能破案，这事儿终于被某些记者知道了，还没等警察局反应过来，便是铺天盖地的报道、质问之声，警察充当的是保护市民的身份，现在好了，连自己的帽子都保不住，还凭什么用纳税人的钱去办所谓的案子？有些激进的团体甚至在大街上打出了横幅，大肆渲染警察不作为。一时间，小城沸腾起来。

警察局不得不在更宽的范围打击偷盗，以警察局为核心，开始对全市偷盗行为进行打击，而且尤为严厉，好像只要是盗贼，便有嫌疑进警察局偷盗一样，正如媒体所报道的，警察的这种行为类似在泄愤，是更不符合警察行为标准的一种过激行为。

帽子还在继续丢失，警察局颜面无存，最后实在没办法了，警察局干脆取消了对帽子的采购，都不戴帽子了，看这盗贼还能怎么办。而且，这样做至少还可以对市民有个交代，类似于自检的一种集体行为。

这种做法还真有效，自从警察局没了帽子之后，盗贼也基本不见了，也就是说，盗贼的目的就是偷警察的帽子，至于这背后到底蕴含了怎样的一种隐喻，无从得知，只有媒体还时不时评论一番，至于孰是孰非已经变得不重要，重要的是现在的小城基本没什么盗贼了，静悄悄的城市显得格外安全。

警察局失窃的事件，沉寂了数月，终究是有了最后的答案，只不过，这个答案充满着无尽的喜剧色彩，让所有警察都不知该怎么办，而聪明的记者似乎也看淡了，写多了，不愿意再在一顶警察的帽子上琢磨什么道理了。

当然，这只是某些人的某些看法，整个经过其实是这样的，警察局进行市民探访活动，结果，所有的警察都意外地发现一个秘密，很多市民家里，在进门后最显眼的地方，都挂着一顶帽子，有着编号的警帽。这是为什么呢？是盗窃还是防盗，只能说，满城尽是盗影，无所谓善恶，且把这件事当作小城的一段传说吧。

点评：

同学们若想提炼话题，可以从警察局的自省入手，突出他们遇事不回避、敢于承认、勇于面对的作风，这与中国某些部门和官员的躲猫猫心理形成鲜明对比。

精彩导读：

他是木工厂一个朴实的工人，很虔诚地去老教堂做礼拜，临走时随手拿了窗下一根断了的黑木，做了一把木剑，却被教堂的保安打瘸了腿，还因毁坏国家文物罪被判入狱五年。出狱后，他带着赎罪的心情回到“犯罪现场”求得宽恕时，却发现早已物是人非，他的真诚忏悔居然毫无意义……

行走的羔羊

作者/［苏联］茹科夫斯基

跨出铁门那刻，一束阳光穿过乌云，刚好刺射在他的脸上，他有点儿不适应，眼睛疼得流下几滴眼泪，他用衣袖挡住脸，瘸着腿焦急地往前走，生怕后面有只手再把他拖回去。

五年的牢狱生活，把那张白净俊俏的脸磨砺得坚韧而粗糙，他爬上一辆汽车，看着周围的一切，觉得既熟悉又陌生，不知家人现在怎么样了。但他没有直接往家奔，尽管他很想抱着妻子，很想看看孩子，还有那白发苍苍的老母……他强烈地压抑着自己的感情，他要做的第一件事是去赎罪，他要到自己的犯罪现场去做一次彻底的反省，或许只有这样，他才能不忘当初的教训，才不会辜负狱警的教诲。

狱警跟他说，很多小偷非常忌讳回到曾经偷过东西的地方，那是因为小偷有一种畏惧心理，害怕良心的谴责，如果他想重新做人，就应该去看看，用犯罪现场的空气洗涤内心的罪恶。他诚恳地接受了狱警的建议，他要真心悔过，更何况，莫斯科拒绝不敢承担责任的男人，这条标语就刻在红场。

他下了汽车，徒步朝目的地走去，尽管已经物是人非，但他却并不觉得事事皆休，只要一闭上眼睛，当初那不堪的一幕依然清晰得像发生在昨天。就是在前面，那座教堂，据说是一千年前的建筑，雕栏玉砌、古色古香，传承着一段教皇的英雄往事，也传承着莫斯科对历史文化遗产的尊重。五年前，连他所在的木工厂都跟风组织工人在老教堂做礼拜，特别认真。可他不是个安分的人，就在那扇窗下，他看见一根断了的横木，一米来长，职业性地拿在手里掂量一下，做把木剑正合适，便偷偷拿了出去。

他做梦也没想到，教堂的保安会找上门来，但即便被带到审讯室时，他还在想没什么大不了，不就一块木头，有必要这么兴师动众吗？所以在保安推他的时候，他表示了抗议，可话还没说完，一根木棍已经招呼在他的左腿上，如今瘸着腿走路，就是拜那一棍所赐。

管理员把警察叫了来，问他整件事的经过，他觉得没什么可隐瞒的，把做木剑的事交代得清清楚楚，还说总共卖了十五卢布，说完从口袋里把钱一个不剩地掏出来。但管理员却不屑地看了一眼前面零零碎碎的卢布，恶狠狠地吼道：“十五卢布？你可知道那段黑木是一件重要的文物？专家预测其中可能隐藏着重要的历史信息，却被你顺手牵羊把最重要的一根给毁了，你知道你给国家造成了多大的损失吗？你以为这是可以用金钱来衡量的吗？”怒骂之后，他犹如一朵遭雷击的野花，蔫了似的把头垂下去，事已至此，悔之晚矣。所以在宣布判五年的那一刻，他觉得自己是罪有应得，连一句怨言都没有。

他站在教堂门口，心中有种说不出的滋味，两位仪态万方的

少女走过来，礼貌地要引他进去。五年了，这座紧系历史文化的教堂管理越来越规范了，站在门口的不再是趾高气扬的乌克兰专业保安，而是甜蜜微笑的白俄罗斯小姐。他婉言拒绝了对方的指引，独自一拐一拐地朝那扇窗走去，他要重温那场噩梦，他要在那扇窗下默哀，给国家造成莫大的损失，给文化造成莫大的伤害，虽然他常常独自在监狱里悔过，但还是无法摆脱良心的谴责。

终于到了，他颤巍巍地靠近窗户，却被里面的情景惊得目瞪口呆，门窗还是那古老的门窗，墙壁还是那龙飞凤舞的墙壁，可屋子里面，那张传说是菲特烈二世曾经用膳的桌旁，却是几个英国人静静地喝着咖啡，那面“上帝之剑”的牌匾也换成了“咖啡时光”，很显然，这里已经不是当初彰显历史的文化遗产，而是

一家别有意境的时尚咖啡馆。望着窗下几根似曾相识的黑木，他不由得一阵钻心地绞痛。

他突然觉得自己是一只瘸腿的羔羊，再一次拿起一根沾满灰尘的黑木比画一下，想把它当拐杖支撑一下身体，却毫无用处，离开教堂那刻，就像扔掉一段历史一样决然。那束刺眼的阳光已被乌云遮住，但他似乎感觉更不适应，双眼不知被什么刺得通红，泪水止不住地往下流。

点评：

古典的老教堂被改成了时尚的咖啡馆，受利益的驱使肆意破坏古代遗存，在中国则是司空见惯。行走的羔羊是一个隐喻，隐喻受压迫、受愚弄的人们，而结尾处他扔掉黑木的决然，则表现了他的觉醒。

第五章
人生逆思考

精彩导读：

在电车的轨道上，有五个人被捆绑在那里，远处的电车已经飞驰而来，当你想按下紧急门阀改变轨道时，蓦然发现，另一条轨道上还绑着一个人！为了救人，要压死一个还是轧死五个？哪一方的价值大？如何衡量？

软暴力

作者/［德］弗德

之所以用“软”来形容一种暴力，是因为描述的这种行为可能不是暴力，只是藏在其背后的那些关于伦理、法律、规范等词条，让人迷惑，让世界疯狂。所以，我们必须讨论它。

我发誓，接下来描述的绝不是一种实验，而是每时每刻都在发生的类象事实。选择一种极端的方式来刻画，只是想让所有人更清晰地理解，至少我想要表达的事实能够不被歪曲。

不管你是一位训练有素的警察，还是一个路过的市民，你惊讶地发现，在电车的轨道上，有五个人被捆绑在那里，而不幸的是，远处的电车已经飞驰而来，你几乎可以看见一幕血肉横飞的画面。

不要急，真正的生活从此刻开始，所有的伦理、道德、信仰就要将你推向边缘。因为在电车来临的那一刻，往日的教育、生活、常识告诉你，电车旁有一个紧急门阀，你只要伸手便可以打开，然后，把那个小把手往下一按，电车便会改变轨道，自然，你成了救人的英雄。

如果生活真的这么简单就好了，不需要任何犹豫，因为没有任何理由让你停顿。但你的眼睛分明看见，并行的另一条轨道上，也有人被绑在上面，但从数字上讲，只有一个人。

你是没有时间思考到底是哪个变态做出这么疯狂的事情，而且，这个世界的许多事情本身便很疯狂。在这个时候，你选择改变轨道还是不改变，答案是很清晰的，不改变，五人死亡，改变则只是牺牲一人。

非常抱歉，我不该用只是来描述，那样子似乎有故意引导别人思维的嫌疑。那么，请务必客观地按照自己的判断去解决这个问题，你会选择怎么做?

简直可以看见，在那短暂的几秒钟时间里，关于五大于一几乎要成为思想的主流。确实，死一个总比死五个好，我只是为了救人。但是，你凭什么说五个人的生命价值就一定比另一个人的价值要大，你用什么来衡量?

事实上，无法衡量，即便你发现五个人中有一个是美国总统，也无法确定这五个人的价值就一定大于另一个人，因为谁也无法判断，这个活着的人过去或者未来会做出什么超越一切的事情，更何况这五个人你并不认识。

现在，我们开始真正的话题，很简单，在我们的普世价值里，是否应该遵循一种伦理规范，为了最大多数人的最大幸福而做出的决定永远是正确的。如果没有这么疯狂的一次电车事故，我想，毫无疑问，这一规范几乎骗走了所有人的感情，为了五个人，那肯定要杀死另外一个。

可我们现在已经知道，这是一种明显的功利主义，在我们的生活里，政治、经济、文化，每个领域、每个阶层都在不断地遭遇类似的人生问答，我们应该如何选择，是不是已经有太多的一个或者少数人被扼杀，而他们或许本不该死亡，而只是因为社会的某种共同的协议而被杀害。

多数人的暴力，非常符合社会规范、伦理，也不违背法律，这就是软暴力。我们应该反对这种不以真正正义公平为基础的诉求，这才是自由的社会。可是，就像不能判断五个人的价值大于一个人，我们也无法判断一个人的价值大于五个人。那么，在面对必须选择的问题时，我们又该如何抉择？

当那辆电车驶来时，人类感到绝望。

点评：

"当那辆电车行驶时，人类感到绝望，"即便绝望，也要勇于面对绝望，也许恰是给同学们的启发，而为了最大多数人的最大幸福而做出的决定，才永远是正确的。

精彩导读：

当苏格拉底遥望星空，喃喃自语“到底它（思想）是我的宠物，还是我是它的宠物”时，像极了庄周梦蝶的情景。当思想在远处召唤“苏格拉底，过来”时，我们知道了思想的魅力，它可以让人超越自我，它不喜欢银环的桎梏和束缚。作为宠物，它是最独特的一个。

苏格拉底的宠物

作者/佚　名

人总有点儿自己的爱好，当这种爱变得越来越深的时候，我们说，高贵的埃及王后有一只金丝猫，于是，那只猫成了王后的宠物，关于宠物的某些观点，需要从这里开始说起。

好像是一位学生的提问，引起了苏格拉底的思考：我的宠物是什么？答案经过许多次修改，最后停留在一个非常抽象的名词，或者说动词上：思想。思想是苏格拉底的宠物，这个答案没有人反对。

所以，后来的解说，便是关于思想的话题。思想作为宠物，经常往外跑，这是它的本性。它还会跑到苏格拉底的学生身边，可以因为任何一件小事，而去左右他们的行为，尽管学生们不一定认同，但毫无疑问的是，他们受到了影响。

思想会跑出去，但苏格拉底还是会在静谧的夜里，欣然看着思想跑回来，从门口跳进来，从窗外飘进来，然后围着苏格拉底，不断地讲述外面的一切。确实，外面的世界有太多新奇的东西了。

苏格拉底越发爱上了自己的宠物，一天不见，都会觉得不习惯，心里空落落的，无论做什么都觉得缺少什么，这就是宠物的魅力。

但是，思想这种宠物，有时候也会不大听话，天马行空的，不知道钻到哪里去，和一些山野村夫交流一些上不得台面的内容，至少，苏格拉底是这么认为的，思想怎么可以接触这些不入流的东西呢？

所以，苏格拉底给宠物戴上了一个银环，拉着出去逛不仅漂亮，还可以保证它不乱跑，更不会伤害其他人。这样子很好，苏格拉底在学生面前逗自己的宠物，学生们哈哈大笑，他也觉得很好玩。

不过，宠物并不一定是永远听话的，有一天，思想挣开了银环，偷偷跑了出去，跑到很远的地方，无论苏格拉底怎么追寻，它就是不停下来。

思想去过很多地方，它去了印度，与释迦牟尼交换佛的思想，在西奈半岛与教徒们发生了冲突，还在遥远的东方与老子的徒弟们相谈甚欢，思想觉得很充实，很快乐，自由自在地奔跑到各地，与不同的人交谈。

尽管外面的日子非常愉快，但思想突然在某一天，发现自己再次与主人相逢，苏格拉底很惊喜，这么久了，以为你已经跑了，不会再回来了，没想到，最爱终究是最爱，它又回到了主人身边。苏格拉底抚摸着自己的宠物。

可惜，思想再也不愿意戴上那个银环，无论主人使出什么手段，而当苏格拉底再次召唤它时，思想也不再像以往那样乖乖地跑过来，与苏格拉底的弟子说说笑笑。

思想就像变了一个样，尽管看起来还是那样子，却总是在关键时刻让苏格拉底犹豫不决，让主人陷入迷茫的思索中，越陷越深，直至不能自拔。

苏格拉底变得憔悴不堪，却似乎对自己的宠物更加关爱备至，直到有一天，苏格拉底遥望星空，喃喃自语："到底它是我的宠物，还是我是它的宠物呢？"沉思良久，他又傻傻地笑了，很久很久，直到思想在远处召唤："苏格拉底，过来。"

点评：

苏格拉底是西方思想的先驱，生活的年代大约相当于中国的春秋末，他因思想成名，又因思想获罪，但他的自由精神影响了整个西方世界。在这个意义上，有些像中国的孔子。苏格拉底以思想为宠物，孔子说，学而不思则罔，思而不学则殆。他大概可算苏格拉底的知音了。

精彩导读：

因为一次意外，莱恩的整只左手手掌，被一块石头砸中，血肉模糊，粉碎性骨折，除了大拇指外。但手术过后，莱恩看到的却是一只几乎完好的左手。原来是他的四个女儿各自给了他一根手指！

斥心掌

作者/［德］海因里希·伯尔

白色的纱布，一层又一层地裹在手上，似乎还隐隐约约渗着血迹，那一刻，他有种无比真实的错觉，仿佛纱布不是裹在手上，而是裹住了自己的一双眼睛，让一切变得那么模糊。

“待会儿就好了，莱恩先生。”医生甚至没有抬头看他一眼。“等等。”他说。但是到底要等什么，他也不清楚。或许，他只是想再回忆一下，到底发生了什么事情，为什么这一切会让自己如此不安。

手是被石头砸的，那个很平常的午后，因为什么事情？好了，这并不重要，关键是结果，莱恩的整只左手手掌，被一块石头砸中，当时是一阵钻心的疼，但思维很清晰，莱恩说："骨头一节一节碎裂的声音传过来，我当时眼睁睁地看见，只有大拇指幸免于难，但也仅仅是在石头的缝隙里，奄奄一息。"

石头被清理之后，手掌基本上已分不清食指和中指，它们全成了一团肉饼，与泥土黏在一起，那一刻，莱恩才昏过去，可能是无法忍受那种残忍的场景吧。

莱恩抖了抖身躯，看了一眼医生，再看看自己的手，白色的纱布已经只剩下最后一层了。这个时候，医生似乎想起他还活着，抬头，笑了笑道："放心吧，我觉得问题不大，这肯定是一次成功的手术。"

手术总是有意外的，这个所有人都清楚，但当医生轻轻剥开最后一层，莱恩看见，自己的左手竟然并没有想象中的那么恐怖，甚至连疤痕都没有。这怎么可能呢？明明已经有四根手指头断掉了，而且，他隐约记得医生曾说，整个手掌是粉碎性骨折，除了大拇指外。

这是怎么回事？医生指了指门口，莱恩这才发现，四个女儿来了，她们显然很焦虑，一个个死盯着莱恩的手，好像要从里面找到什么一样。

莱恩对这四个女儿的感情很微妙，谈不上不喜欢，但也谈不上特别亲的那种，这可能与自己和妻子的关系有关，不过，关于妻子，他也不愿再提，否则，很多事情会越说越不明白。

四个女儿站在门口，莱恩意外地发现，她们每个人的左手都用纱布包裹着。医生是这么解释的："她们每个人都给了您一根手指，从各种症状可以看出，一切都很自然，可以说，这是一次成功的移植手术。"

她们怎么可以这样做呢？为了什么，莱恩心里很不是滋味，坦白讲，这真的不是自己想要的结果，因为在与四个女儿的关系上，他一直有自己的原则，他坚持着某种平衡，而这四根手指打破了平衡，让他有点儿站不稳。

女儿们的种种安慰和劝解，他一句也没听进去，他管不住自

己的思绪，一切这么突然，他要想的太多太多了，直到儿子把他拉回来。

门是被撞开的，至少不是很安静地悄悄被推开，当小儿子大声喊“父亲”时，他有种如释重负的感觉。

莱恩又忍不住要想自己与小儿子之间的种种，以及自己对这种关系的看法和期望，这里面有很多故事，莱恩也愿意花时间去想。但是，这一次，一阵钻心的疼痛让他从想象中回到现实，那根大拇指突然在抽搐，好像要离开自己的手掌一样。

当整个手掌被大拇指牵动、痉挛时，莱恩绝望地看了一眼身旁的医生，然后，似乎听见他们在说，身体有排斥。

点评：

因为与妻子的关系不好，连带对孩子的感情也淡漠了，所以他不想接受女儿们的手指，在这种心理下，他的左手开始有了排异反应！同学们在生活中，更要懂得珍惜，多一点与家人的沟通，才能少一点遗憾。

精彩导读：

几名科考队员正在采集一些古代的鱼化石。他们发现，大概在两万到两万五千年之间，这里发生了大旱，而之前的大旱在鱼的演变史中已经促使它们长出了不同寻常的腿，短而突兀。化石显示，有的鱼儿幸运地钻到地底的地下湖。科学家们也不禁对鱼的生存能力肃然起敬了。

一条鱼的地理世界

作者/［加拿大］达尼尔波特

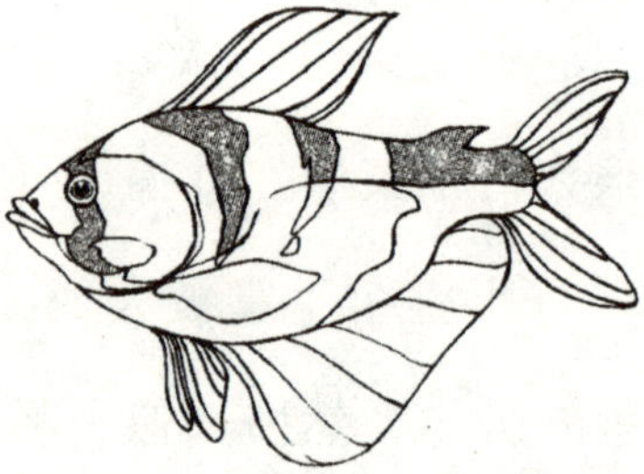

大旱。不知是多少年前，至少，戴丽丝没有从实验室出来之前，我们无从得知，但可以确定，当年一定发生了大旱，将这块土地还原成当年的泥浆，那条鱼的故事便是从这里开始的。

泥浆大概方圆十六千米的样子，那个时候，还有水，但鱼儿已经发现，水位越来越低，于是，它们不断调整位置，跟着水流苟延残喘。

可惜，鱼的反应终究快不过整个地理的变化，有一天，鱼儿突然发现，自己的脊背露出了水面，它便想换个水更深的地方，但是，当它摆动尾巴时，却发现，四周已无路可走，周边已经干旱，它可以想象，地上有许多个小水洼被干旱分别隔开，而自己躺在其中一个水洼中，无可奈何。

等死吗？很显然不是，克里夫沉重地说道："你们看，这些鱼是有腿的，在这样的深水里，这些腿显然是多余的，所以，这些腿的生长要追溯整个演变史，而那次干旱，可能正是转折点。"

那条鱼，在最后的时刻，毅然蹦出了水面，蹦上了干燥的土地，艰难地爬行，只为找到一个更大、更深的水洼。

循着水的气息，它，或者说它们，有的成功了，有的永远躺在了干旱的土地上。可是，千万不要乐观，我同意克里夫的观点，这条鱼绝对不止一次离开水面，在漫长的干旱过程中，它一定吃了不少苦头，挣扎着爬滚到无数个水洼。

然后，一定是出于对陆地行走的需要，鱼儿长出了不同寻常的腿，很短，很突兀，让人难以接受，但这恰恰便是生存，世间万物都是如此。

但正如所有生物一样，对某些东西的依赖或许能减轻，却没有办法离开，水，对于鱼来说，就是生命。

随着干旱的侵占，鱼儿发现，无论怎么换地方，水都很少，甚至好几百米内都没有水洼了，但是，鱼儿活了下来，这是事实。

克里夫指挥队员在挖掘，我希望他是错的，但戴丽丝的电话告诉我，克里夫的猜测正确，一条鱼竟然会为了水往地底钻，当移动、变换位置无法解决问题的时候，最根本的还是需要扎根深处，借着一丝湿润的气息，去探寻毫无目标的水世界。

我看见，克里夫正对着岩石拍照，因为那里面有化石，那些鱼的化石，它们钻进地底，终于渴死在里面，随之干旱将它们彻底吸干。

但有些鱼儿幸运地活了下来，因为它们坚持了更长时间，钻得更深，所以繁衍了下来，戴丽丝说，大概在两万到两万五千年之间，这真是一个古老的故事。

身体润滑，呈条形，头尖，尾轻，游荡在这个地下湖，这是一个奇迹，如何在这个世界生存，或许，当我们再次破坏了鱼的世界，它们肯定还会活下去，只要我们不刻意去伤害。

下一步该怎么做，突然觉得特别迷茫，鱼的世界，也是人的世界，我们必须坚强地走下去。

点评：

文章结尾说："当我们再次破坏了鱼的世界，它们肯定还会活下去，只要我们不刻意去伤害。"这是发人深省的。同学们，从一条鱼的身上，我们看到了坚韧不拔，不屈不挠的精神，它们不屈服于命运的安排，永远坚强地走下去，何尝不是我们学习的榜样呢！

精彩导读：

苏格兰北部有一个洛奇湖，据说里面有水怪。曾祖父答应陪他去看水怪，但禁止他带一切器材。终于，他看到了“水怪”，但“水怪”的样子，与他想象的大相径庭……

洛奇湖水怪

作者/［英］莎拉布莱曼

我不知道洛奇湖水怪与威尼斯湖水怪有什么关系，所以，在克里多尼亚中央，我的心思并没有放在钓鱼上，我对水怪更感兴趣。那么，让我来讲讲流传在苏格兰北部的传说吧，很恐怖哦，不过，等一下。

曾祖父就住在洛奇湖畔，但我知道他从不会向我透露什么。所以，我偷偷带了最先进的器材，要想知道真相，只能靠自己去探索。

那天阳光明媚，可见度最好，我说要去看看大峡谷，曾祖父点点头，说：“也好，但那些器材就别带了，麻烦。”

原来曾祖父一切都看在眼里，我把帆布包放在地上，恳切地问他："曾祖父，您见过水怪吗？他们说的都是真的吗？"

曾祖父没有回答，倒是一旁的曾祖母呵呵笑起来，说："在洛奇湖畔住了一辈子了，有什么没见过的呢？"

这更坚定了我的信念，曾祖父有秘密，肯定是关于水怪的，即便没有威尼斯湖水怪传得那么沸沸扬扬，但至少可以让我的论文找到切入点，洛奇湖也许能成为我生命的一部分。

我终究是没敢逆了曾祖父的意思，两手空空地跟他爬上了偏北那个小悬崖，可到了最高处，我却后悔了。在那里可以看到山下看不到的地方，洛奇湖拐弯的地方，一片翠波，水怪很可能就在那里出现。

我要回去，当然是拿我的那些仪器，至少应该有一台望远镜，还有摄像机。但曾祖父却不让，说再等等。难道水怪即将出现，这就是曾祖父不愿说的秘密？我向曾祖父靠近了一点儿，一阵风刮过来，我挽住他的手。

这时候，我看见曾祖父笑了一下，他对我说："它们就是它们，和人没什么关系，我跟你说的话，千万不要跟任何人讲。"

它们是什么？我潜意识里当然认为就是水怪，原来真的存在，可水怪到底是什么样子呢？有长长的脖子和巨蟒一样的头吗？会偷吃湖边的野兽和路人吗？我还来不及问这些，碧波深处

便已有了动静。

伴随着轰隆隆的声音，一个庞然大物在湖的拐角处露出了一角，而且，很快便整个暴露在我们面前，后面还跟着一条、两条……有十来条吧。曾祖父说，这些船装的是珍稀木材，还有湖里的金枪鱼。

它们终归是被发现了，只要和人搭上关系，便意味着灭顶之灾，没了自己，也没了后代。说这话的时候，曾祖父抚摸着我的头，他与洛奇湖的感情，还有关于水怪的秘密，我想，在那一刻，我似乎明白了些端倪。

但你可能还不明白，那我也只能再讲一点点，就像此刻，克里多尼亚运河静静地躺在黄昏里，洛奇湖就在不远处，对了，还有威尼斯湖、奥伊湖，它们都有关于水怪的故事，这是曾祖父亲口说的，他终于把真相告诉我了。

很恐怖的，但我不能随便告诉你水怪出现的地方，还有它的样子，不要逼我了。哦，等一下，曾祖父对我是这样说的：“既然你明白了这些，那水怪便不是秘密了，我什么都告诉你。”

点评：

同学们也许会奇怪文章写了什么，行文有些扑朔迷离，但要读懂，就要抓住关键点，即那些装满珍稀木材和金枪鱼的船。人们在找水怪的过程中，意外找到了这些“好处”，谁还在乎水怪呢？所以，真正的怪物不在水里，而在人的心里。

精彩导读：

只靠逃避，是永远得不到真正的美好的。因为它是那样脆弱，任凭你如何努力地保护，最终也是吹弹可破，毁于一旦。只有反抗，才能赢得生机。

文明的拐点

作者/［美］史迪文·比加里

大概只有维拉卡什镇的人知道，在大西洋的东岸附近，有一座土地肥沃，水草丰美的岛屿。那地方简直就是天堂，可是，没有人居住，人们只能望洋兴叹。

因为那座岛是一座逆流岛，所有的船只可以顺流直奔岛屿，但如果需要离开，则永远是逆流的，而且，逆流的冲击力非常大，小镇一直传说，没有几个人从岛上回来，所以，没有人知道岛上到底是什么状况。

逆流岛就像一个美丽的传说，没有人去打破，直到有一天，整个英格兰掀起了一场圈地运动，维拉卡什镇也没能幸免于难，人们的生活异常艰难起来。当许多人开始颠沛流离时，也就是那一天，马丁路德，一个十几岁的少年，勇敢地站上一条自制的木筏，向传说中的逆流岛驶去。木筏不能承受太大重量，除了马丁路德，便只有一只羊羔，他要去岛上开始属于自己的生活。

岛上没有人，却有比传说中更丰美的水草，当那只羊在岛上欢快地奔跑，当绿草在微风中轻轻摆动时，少年决定，要靠自己的努力在这里建立一座全新的维拉卡什镇。

逆流是最大的阻力，少年曾无数次地尝试回到大陆，但木筏总是被水冲得七零八落，回不去了。直到那个冬天，特别寒冷，却给了少年无限的希望，海上结了冰，厚厚的，他当即在木筏上装上滚动木条，向大海走去。

少年的回来，并没有引起更多人的注意，但少年却已有了更完美的计划，他卖掉家里的一切财产，买了几只羔羊，这一次，他要带更多的生存资本去逆流岛，从此无须再理会任何土地被那些贪得无厌的人圈走。

没过两年，逆流岛上有了羊群，因为环境优越，它们繁殖得特别快，长得也特别肥。一切都成熟了，是时候给小镇带去惊喜了。所以，在那个冬天，他敲响了一个又一个邻居的家门。

小镇上的人们欢天喜地地奔向逆流岛，决定再也不回来了，逆流岛便是他们的天堂，文明将在一座岛上得到新生，幸福近在咫尺。

然而，少年几近绝望，这样的春天，羊群应该欢快地奔跑才对，可是，岛上却没有丝毫生机，等到下了木筏，跑到草地，却只看到一堆堆羊骨。有野兽吗，是狼群吗？不可能，当一个个火堆出现在眼前，少年明白了，这是人干的。

逆流岛被人知道了，侵犯了，小镇的人们特别失望，他们终于明白，那些用蒸汽机发动的船只从来就不怕什么逆流，对他们来说，也不存在什么遥不可及的天堂，他们可以尽情地占领和掠夺，不管是现在还是未来。

梦想瞬间破灭，少年，还有小镇的居民，不得不重新回到大陆，不得不掀起一场对抗圈地的革命。而那座逆流之岛，便成了这一切的拐点——文明的拐点。

点评：

少年的勇气，靠自己努力建立新市镇的进取精神，为了理想不屈不挠、勇于创新的精神，不自私自利、要让小镇人们都过上幸福生活的境界，梦想破灭后迎接新挑战的态度。

精彩导读：

人生最大的悲哀，就是身处于悲哀之中，却感觉不到悲哀。过劳死，每天都在我们身边发生，似乎每个人都习惯了，或者麻木了。难道，我们不该从阿拉的啸声中惊醒吗？

阿拉的啸声

作者/［土耳其］卡丁·维拉克提

阿拉长得气宇轩昂且底气十足，每每仰天长啸，就会把天撕开一道裂缝，接着大地一片窸窸窣窣，天便亮了。

有人说，这是阿拉的绝活，那派头，即便帕瓦罗蒂在世也难及其万一，为了表达对阿拉的敬意，诸人达成一致，赠予阿拉“报晓公”的称号。于是，阿拉的男高音便更高了。

后来，地球不知搞什么，各大城镇逐渐连成一片，处处灯火辉煌，久而久之，诸人竟分不清何时天黑了，有人因为太拼，竟然连续工作十几天而活活累死在办公室，这事一下子在网络上传开了，诸人认为，得重视。

所以，不知是哪个白天还是黑夜，诸人来到阿拉家里，语重心长地说："社会需要你，能者注定多劳，以后，除了报晓，报晚的任务也烦请辛苦辛苦，当然，待遇方面你放心。"

于是，阿拉的更高音成了诸人下班的信号，每每天空传来比早上更高的长啸，诸人便会跷起拇指互相打招呼："啊，这阿拉真不赖！"

阿拉红了，名气越来越大，便常有人来找它，据说，有个很大、特别大的老板就曾来过，他许诺，只要阿拉每天报晚时晚那么一点点，工人加班的利润可以五五分成。可惜，阿拉太讲原则，它说，这一生最快乐的事便是早晚两声长啸，别无所求。

然而，世事难料，不知从何时起，地球竟转得越来越快，也就是说，日子加速了，诸人没觉得，可阿拉却深有体会，二十四小时里，它从两次长啸到四次、八次，直到一刻都不能停歇。

诸人发现声音不对时，阿拉的声带正在燃烧，但长啸仍未停止，似乎还要把啸声拉得更高些。

点评：

提倡，是因为警醒，当地球转得越来越快，日子加速，连报晓的公鸡都忙不过来时，难道还要执迷不悟吗？同学们在写作中，运用灵活多样的形式，可以获得加分，比如寓言、书信、日记等，都是很好很新颖的表现形式。

精彩导读：

玻璃人就是脆弱的人。他们总是觉得受伤，即便什么都不做，去做乞丐，也显得萎靡不振，还唠唠叨叨。他们总是需要别人拯救，却从不拯救自己。他们于世无补，还一肚子振振有词，奢谈要与别人平等。这样的人生，你有过吗？

玻璃人

作者/［意大利］维托里奥·阿尔菲耶里

一

玻璃人静静地躺在天桥上，尽可能地把自己藏在角落，即便一枚硬币扔下来，他也非常害怕，如果硬币落在自己腿上，说不定就会骨折。没错，玻璃人就像一块玻璃，一次小小的意外，便会粉身碎骨。

但玻璃人并不想自己变成一个唠叨的医生，他只是想静静地讲自己的故事。比如，他对路人说，经过巴黎的时候，那里的人们特别照顾自己，当然，这种照顾不是什么盛情款待，而是说，抛在自己签名盆里的钱要多些，或者说，多挺多的。

讲到这里，玻璃人变了话题，讲了另外一个故事，他问：“你们看过那部电影吗？那位好人留下一句话：‘拯救一个，便是拯救整个世界。’”“所以，经过巴黎的时候，那里的人给了我生活的希望。”

二

同样的天桥上，玻璃人显得同样萎靡不振，但他还是会唠叨，讲他的故事，比如，不是在巴黎，离开西方的国家，东方的思维似乎完全不一样，玻璃人坚毅地拿起前面的盆，里面没几个钱。

“他们并不贫困，也并不是没有慈善之心，而是思维让人受不了，有些可爱的人想把硬币抛给我，想让我吃饱，不要躺在这里，我感谢他们。但实际上，他们并没有给，因为来自他们身边，或者某种教育，认为要拯救我这样的人，不应该是一个个去施舍。

“他们觉得，要从上层建筑着手，从制度上去挽救我们，一个个去救，永远都搭救不完，我这样的人太多了。”“不过，”玻璃人摇摇头，“我并不怨恨，思维方式不同而已。”

三

玻璃人有玻璃人自己的想法，在自我拯救的路上，他说，自己并不害怕每天不小心骨折，也不怕走在拥挤的人群里被挤成碎片，这些最多也只不过是一种死亡方式。

如果要选择一种生活，玻璃人并不强求自己有什么改变，只是希望，在自己的世界里，每个人都一样，如果每个人都是一块玻璃，那该多好，我们大家都一样，无论是在东方还是西方。

从来没有人歧视你，或许有人会去解释。但玻璃人只是简单地笑，他认为自己并不是嫉妒，也不是自卑，在路上，从未想过歧视与自己的故事有关，之所以想着每个人一样，只是出于一种无尽的思考，平等是一座无顶的高峰，大概没有人可以攀爬上。

既然如此，何不想想最简单的世界，最简单的方式。

四

为什么玻璃人不想着自己变成和他们一样，不再是玻璃人，难道那样子不是更好吗？其实不是。

玻璃人也想过很多次，甚至付出过很多行动，但世界告诉他，改变不是那么容易，自己已经注定这样，可能是上帝的安排，不会再有其他的奇迹出现。

所以，改变不了自己，那么就希望对方能改变，不为一枚硬币，也不为所谓的追求，平等的世界有两条路，一条走不通，另一条便成了这样。

玻璃人每天都有故事要讲。

点评：

同学们应该学会辩证地看问题，比如强与弱，是可以互相转化的。玻璃人，代表了一种消极心态，他们沮丧抱怨、愤世嫉俗，却无法痛下决心改变自己，只能一直弱下去。

精彩导读：

凡是去瓦尔河为官的人，没有人舍得离开，即便离开，也再也没有回来，因为他们全部被带进了监狱。但是有点儿发福、急需用钱、看似没有什么抵抗力的卡尔契夫却靠“每天回家”的办法，打破了那个魔咒。卡尔契夫的家到底有什么魔力，能让他“有种心灵的归宿感”？一个新来的同事通过跟踪，终于揭开了谜底，原来……

瓦尔河的秘密

作者/［南非］尹高兰德

人不可能两次踏入同一条河流。这是一句非常有哲理的话语，但在约翰内斯堡，它有另外一层含义：河是瓦尔河；人呢，则是那些站在黄金上的人，那些管理黄金的官员。

凡是去瓦尔河为官的人，没有人舍得离开，即便离开，也再也没有回来，因为他们全部被带进了监狱。这几乎成了约翰内斯堡公开的秘密，媒体一度渲染，瓦尔河是一座黄金铸造的陷阱。

但是，有人打破了这个魔咒，卡尔契夫，一个看起来并没有什么抵抗力的男人，还有点儿发福，刚上任的时候，当地的居民甚至打赌，到底是一个月还是半年，这家伙会忍不住，会被带进监狱。可惜，一个月，半年，两年过去了，卡尔契夫安然无恙。

人怎么可能不动心，面对那些黄金，稍微拿一点点，神不知鬼不觉的，他怎么会不动心呢？是一个新来的同事发现了秘密，卡尔契夫每天都回家，要知道，瓦尔河镇有的是别墅，且非常便宜，稍微有点儿身份的人都会待在瓦尔河镇享受，但他却每天回家，听说那地方离瓦尔河还有点儿距离。

卡尔契夫本人也不否认，当电视台采访他，问他为什么能做一个蔑视黄金的脱俗者时，他表现得很冷静："回家，因为回家让自己有种心灵的归宿感。"

家里很贫困吗？那地方有神灵保佑吗？身边的人也曾调查过，其实卡尔契夫家跟普通人一样，夫人开着一个小商店，四个孩子也都不大，还处于非常需要钱的阶段。

瓦尔河的官员一批又一批地倒下，唯有卡尔契夫坚守在那里，如果有一天他调走了，或者是退休了，人便能够同时踏入同一条河流了，这个哲理肯定丝毫不逊色于赫拉克利特。

新来的官员很谦虚，跑到卡尔契夫面前请教，怎么才能抵制住黄金的诱惑，有什么办法可以让自己跨过这个坎儿，顺利地通过瓦尔河这块跳板。

卡尔契夫似乎厌倦了这些请教，这么多年过去，说了那么多，却从来没有人真正做到不贪婪，这简直就是笑话，卡尔契夫在心里嘀咕。

然而，有些秘密终究还是要被揭开，不是说因为回家吗？那个新来的官员，在下班之后，偷偷地跟着卡尔契夫，他要跟着看个究竟。

汽车沿着瓦尔河跑了约十公里，一个九十度拐弯，进入乡间小道，官员发现，有一辆警车呼啸着从旁边闪过。难道这就是原

因？不可能，瓦尔河镇到处都是警车，还有无数的警察，根本已经没有什么威慑力了。

直到下车，被卡尔契夫发现，也没有发现任何秘密，官员只能尴尬地说："我顺便逛逛。"卡尔契夫便热情地将客人招呼回家，倒上一杯咖啡，然后把窗帘拉开，世界瞬间安静下来。

谁也没料到，在窗帘拉开那一刻，整个五米长的落地窗外，不是湖光山色，而是戒备森严的景象，不远处，高高的楼墙上面，几个士兵举着枪来回巡逻，里面隐隐约约传来几声怪叫，那是吆喝犯人的声音。有些地方，最好永远不要涉足。瓦尔河的秘密原来藏在这里。

点评：

中国人讲究"有所为，有所不为"，西方人讲究"人不能两次踏入同一条河流"，都在告诫人们，想做的事和该做的事，其实是不一样的。瓦尔河的秘密，就是人要有一颗敬畏之心。人应该有敬畏之心，否则就会陷入欲望的桎梏。

精彩导读：

波特是一个逃兵，逃跑时从马上摔下，失忆了，他却从医生那里了解到，他是一个英雄。于是他重返战场，真的成为拿破仑的一员悍将。但当战马嘶鸣，自己再次要从马上摔下时，波特的记忆苏醒了，他再次成为一个逃兵……

缔造者

作者/［法］列拉尔

从手指轻微的动作来看，这个人尚存意识，也就是说，还有救。

三天后，一切不出所料，他醒来，身体完好无缺，只是仿佛忘却了过去的种种罢了。但费德里医生说："没关系，记忆，除了恢复，其实更可以塑造。"

这话听起来有点儿过于专业，尤其是在那些日子，大军压境，谁会有更多的时间去照顾一个这样的病人，一顶法兰西大毡帽，一看便知道是上过战场的人。

但费德里医生不愿意放弃任何一个自己的病人，波特，他给病人取了这个名字，然后，开始他的记忆之旅。但与传统的，带着病人到处寻找记忆突破点方式不同的是，波特从来没有被拉去一些大家常去的地方，甚至很长一段时间未走出费德里医生的病房。

有人悄悄窥视过，波特的病房里有很多书，关于人生的种种，而且，费德里医生每天都会花上好几个小时陪在波特身边，给他讲他过去的种种事迹。

“你是一名优秀的军人，”费德里医生郑重地说，“敌人的部队包围我们时，是你带领自己的战士夜袭敌军大本营，射杀了敌军统帅，你还一把火烧掉了敌军的粮草，敌人不战而退，波特，你是国家的英雄。”

是的，波特若有所思，自己的确在战场上待过，而且，也会偶尔想起，自己似乎是从马上摔下来，然后，便不知怎么回事了。不过从费德里医生那里，他越来越多地了解了自己，他为自己的过去感到骄傲，而且，当得知敌军再次袭来，他一腔热血，决定奔赴战场，加入骑兵队，做回自己。

所有人都支持他，包括家人，在费德里医生的指引下，他宣誓效忠拿破仑将军，为法兰西而战，出发前，他朝天怒吼。

凭借他的智慧，更重要的是一腔热血。“他那种不怕死的精神感动了整个骑兵队，”报纸上如此描述，“年轻有为的骑士，法兰西的英雄，拿破仑亲自嘉奖的将领。”

当敌军被驱逐，当法兰西雄立于欧洲大地后，波特也功成

名就，响应拿破仑将军的号召，把战场设置在敌人的土地上。攻城略地成为爱国运动的延续，而且，他们越战越勇，敌人闻风丧胆，只要波特铁骑所至，除了血腥，便是臣服。

不知什么时候开始，波特似乎忘却了过去，也不愿意去想象过去，眼前的成就足够他去陶醉、思考，战争的硝烟不容他回到从前，向前冲，他对身边的士兵说，退缩者杀无赦。

然而，世事就是这么奇怪，当波特简直放弃了过去，不再在乎过去时，过去往往突然袭来。当战马嘶鸣，自己再次要从马上摔下时，他突然一个激灵，脑海一阵血涌，过去如阵阵画面卷来。

波特确实叫波特，身边的人都知道他叫波特，但他却不是什么英雄，他是一位逃兵，而且，向来就不为身边人所喜欢，为国家所不齿，在逃跑中摔伤了自己，活该。费德里医生明知这一切，只是为了证明自己，证明人性深处的某些东西，他，还有波特身边的很多人，共同为波特塑造了新的人生。

人是可以再塑造的吗？记忆真的可以颠覆吗？正如费德里医生所言，这些都是人性的思索，既然如此，那就只有波特，唯有他自己才知悉真实的存在。

拿破仑将军的战马几乎横扫欧洲，遍地饿殍，这到底是一个国家的骄傲，还是整个人类的悲哀，波特不愿意去思考，但脑海深处，源自内心深处的那些呼唤如潮涌般袭来，自己本就不是什么英雄，而且，谁会知道，当初自己并不是逃跑，只是为了反对战争而奔走前线，说到底，自己反对一切战争，而这些与国家无关，与英雄无关。

波特逃跑了，没有人知道他去了哪里，他到底要干什么，为什么会这样，这是一个关于人性深处的问题，或许根本就没有答案。

点评：

记忆，除了恢复，其实更可以塑造。同学们在读本文时，应该多一些反思和清醒，不要把战争简单化，低幼化。

意林品牌书系推荐

《那一年，花开半夏》	18.80
《雨季微凉时》	18.80
《只穿一天公主裙》	18.80
《月色银蔷薇》	18.80
重磅作家系列	
《薄荷香女孩》	19.80
《不说再见好吗（上）》	17.90
《不说再见好吗（下）》	17.90
《风走过树林》	17.90
《忆棠的夏天》	17.90
唯美新漫画系列	
《钢琴小淑女（第一季）》	17.90
《钢琴小淑女（第二季）》	17.90
《钢琴小淑女（第三季）》	17.90
《七寻记·鎏金龙纹镯（漫画版）》	15.00
《天鹅座·鹅黄》	18.80
《天鹅座·柳青》	18.80
《小叶的幻想夜（第一季）》	15.00
《悠莉宠物店漫画版①》	15.00
《悠莉宠物店漫画版②》	15.00
《紫阳花之夏（第一季）》	15.00
《紫阳花之夏（第二季）》	15.00
绘色缤纷系列	
《淑女绘·花的学校》	22.00
《淑女绘·童话诗人》	22.00
纯美小说系列	
《少女果味杂志书①：甜心草莓号》	14.80
《少女果味杂志书②：蜜桃慕斯号》	14.80
《少女果味杂志书③：焦糖布丁号》	16.80
《少女果味杂志书④：香草海绵号》	16.80
《少女果味杂志书⑤：可可森林号》	18.80
《少女果味杂志书⑥：果果米苏号》	18.80
《少女果味杂志书⑦：香橙泡芙号》	18.80
《少女果味杂志书⑧：樱桃芝士号》	18.80
蝴蝶蓝系列	
《蝴蝶蓝·千面桃花姬》	19.90
班花朵朵系列	
《班花朵朵①·我是艺术生》	20.90
《班花朵朵②·电影初体验》	20.90
小 MM 四周年主题书	
《现在是女生时代》	28.00
欢乐联萌系列	
《养只萌呆镇镇宅①》	19.90
《养只萌呆镇镇宅②》	19.90
天使在身边系列	
《路过心上的哈士奇》	20.90
《当心！浣熊出没》	20.90

《意林·轻小说》·轻文库品牌书系 引领校园小说阅读新潮流

绘梦古风系列	
《公主驾到》	23.80
《花颜错》	23.80
《山寨世家》	23.80
《倾世迷迭书》	23.80
《凤九卿 1》	23.80
《凤九卿 2》	23.80
《美人千千泪西楼》	23.80
恋之水晶系列	
《致淡玫瑰色的你》	22.80
《宁负流年不负君》	22.80
《世界第一的假面殿下》	25.00
《脱线萌星易容记》	25.00
《指尖花凉忆成殇》	22.00
《欢歌犹在意微醺》	22.00
奇幻仙境系列	
《天命玄鸟·蜃世歌》	23.80
《玫瑰帝国·荆棘鸟之冠》	25.80
《玫瑰帝国·黑羽蝶之翼》	25.00
《彼渡少年与妖怪契约》	23.80
《神典·末夜公主》	23.80
《御灵骑士团·诺茵与彩狸》	23.80
《逆世界之瞳》	23.80
暗影迷踪系列	
《终极推理事件簿》	22.80
《超级学园探案密码》	22.00
新炫武侠系列	
《邻家武圣》	23.80
星光璀璨系列	
《轻星球·仙女星云号》	19.80

意林百年励志经典系列 只出版读与不读人生命运迥然有异的成功学精华

《意林百年励志经典——巴比伦富翁》	35.00
《意林百年励志经典——命运之门》	35.00
《意林百年励志经典——穷理查智慧书》	35.00
《意林百年励志经典——伟大的励志书》	38.00
《意林百年励志经典——我的人生思考》	35.00